Ingenmandsland

Kirsten Thorup

[丹麦] 谢诗婷·索鲁普 著

思麦 译

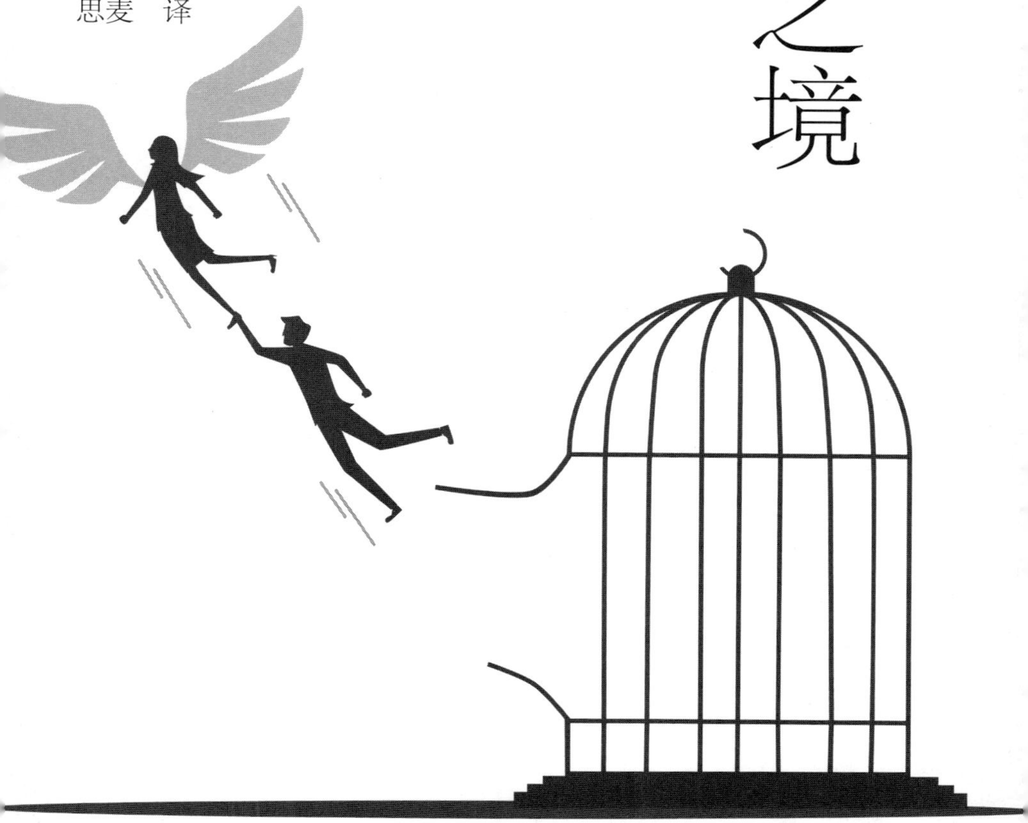

无人之境

中国国际广播出版社

"北欧文学译丛"编委会

主　编

石琴娥（中国社会科学院外国文学研究所）

副主编

徐　昕（北京外国语大学欧洲语言文化学院）
张宇清（中国国际广播出版社有限公司）
田利平（中国国际广播出版社有限公司）

编　委

（以姓氏汉语拼音为序）

李　颖（北京外国语大学欧洲语言文化学院芬兰语专业）
王梦达（上海外国语大学德语系瑞典语专业）
王书慧（北京外国语大学欧洲语言文化学院冰岛语专业）
王宇辰（北京外国语大学欧洲语言文化学院丹麦语专业）
余韬洁（北京外国语大学欧洲语言文化学院挪威语专业）
赵　清（北京外国语大学欧洲语言文化学院瑞典语专业）
凭　林（知名学者）
张娟平（中国国际广播出版社有限公司）

绚丽多姿的"北极光"

——为"北欧文学译丛"作的序言

石琴娥

2017年的春天来得特别地早,刚进入3月没有几天,楼下院子里的白玉兰已经怒放,樱花树也已经含苞待放了。就在这样春光明媚、怡人的日子里,我收到中国国际广播出版社文史编辑部主任张娟平女士打来的电话,想让我来主编一套当代北欧五国的文学丛书,拟以长篇小说为主,兼选一些少量有代表性的短篇小说、诗歌等,篇目为50部左右。不久之后,中国国际广播出版社负责人和张娟平主任又郑重其事地来到寒舍,对我说,他们想做一套有规模、有品位的北欧文学丛书,希望能得到我的支持,帮助他们挑选书目、遴选译者,并担任该丛书的主编。

大家知道,随着电子阅读器和智能手机的普及,越来越多的人通过电子设备来阅读书籍。在目前的网络和数码时代,出现了网络文学、有声书和电子书,甚至还出现了人工智能创作的作品,纸质书籍受到极大冲击,出版纸质书籍遇到了很大困难。有的出版社也让我推荐过北欧作品,但大都是一本或两本而已,还有的出版社希望我推荐已经过版权期的作品,以此来节省一些成本。而中国国际广播出版社却希望出版以当代为主的作品,规模又如此之大,而且总编辑又亲临寒舍来说明他们的出版计划和缘由,我被他们的执着精神和认真态度所感动,更被他们追求精神品位的人文热情所感动。我佩服出版社的魄力和勇气。面对他们的热情和宝贵的执着精神，我怎能拒绝，当然应该义不容辞地和他们一起合作，高质量、高品位地出好这套丛书。

大家也许都注意到，在近二三十年世界各国现代化状况的各类排行榜上，无论是幸福指数，还是GDP或者是人均总收入，还是环境保护或者宜居程度，从受教育程度和质量、医疗保障到养老、失业等社会保障，还有从男女平等到无种族歧视，等等，北欧五国莫不居于世界最前列，或者轮流坐庄拿冠夺魁，或是统统包圆儿前三名，可以无须夸张地说，北欧五国在许多方面实际上超过了当今世界霸主美国，而居于当今世界发达国家最前列，成为世界现代化发展中的又一类模式。

大家一般喜欢把世界文学比作一座大花园，各个时期涌现出来的不同流派中的众多作家和作品犹如奇花异葩，争妍斗艳。北欧文学是这座大花园里的一部分，国际文学中，特别是西欧文学中的流派稍迟一些都会在北欧出现。北欧的大自然，由于地理位置、自然环境和气候条件，没有小桥流水般的婀娜多姿，而另有一种胜景情致，那就是挺拔参天、枝叶茂盛的大树，树木草地之间还有斑斓似锦的各色野花和大片鲜灵欲滴的浆果莓类。放眼望去，自有一股气魄粗犷、豪放、狂野、雄壮的美。北欧的文学大花园正如自然界的大花园一样，具有一股阳刚的气概、粗豪的风度。它的美在于刚直挺立、气势崴嵬。它并不以琴瑟和鸣般珠圆玉润和撩拨心弦的柔美乐声取胜，却是以黄钟大吕般雄浑洪亮而高亢激昂的震颤强音见长。前者婉转优雅、流畅明快，后者豪迈恢宏、气壮山河。如果说欧洲其余部分的文学是前者的话，那么北欧文学就是后者。正如鲁迅所说，北欧文学"刚健质朴"，它为欧洲文学大花园平添了苍劲挺拔的气魄。以笔者愚见，这就是北欧五国文学的出众特色，也是它们的长处所在。

文学反映社会现实。它对社会的发展其功虽不是急火猛药，其利却深广莫测。它对社会起着虽非立竿见影却又无处不在的潜移默化作用。那么，北欧各国的当代文学作品中是如何反映北欧当代社会的呢？它对北欧各国的现代化发展是不是起了推动促进作用了呢？也许我们能从这套丛书中看到一些端倪。

北欧五国除了丹麦以外，都有国土位于北极圈或接近北极圈。北极光是那里特有的景象。尤其到了冬天夜晚，常常能见到北极光在空中闪烁。最常见的是白色，当然有时也能见到五彩缤纷、绚丽多姿的北极光。北欧五国的文学流派众多，题材多样，写作手法奇异多姿，犹如缤纷绚丽的北极光在世界文坛上发光闪烁。

北欧包括5个国家：丹麦、芬兰、冰岛、挪威和瑞典。讲起当代的北欧文学，北欧文学史上一般是从丹麦文学评论家和文学史家勃朗兑斯（Georg Brandes，1842—1927）于1871年末在丹麦哥本哈根大学所作的《十九世纪文学主流》算起，被称为"现代突破"。从19世纪的1871年末到目前21世纪一二十年代的150年的时间里，一大批有才华的作家活跃在北欧文坛上。在群英荟萃之中，出现了几位旷世文豪，如挪威的"现代戏剧之父"亨利克·易卜生，瑞典文学巨匠——小说家、戏剧家斯特林堡和荣获诺贝尔文学奖的第一位女作家、新浪漫主义文学代表塞尔玛·拉格洛夫，丹麦1944年诺贝尔文学奖获得者约翰纳斯·维尔海姆·延森，芬兰批判现实主义作家尤哈尼·阿霍以及冰岛1955年诺贝尔文学奖获得者哈多尔·拉克斯内斯等。本系列以长篇小说为主，也有少量短篇和戏剧作品。就戏剧而言，在北欧剧作家中，挪威的亨利克·易卜生开创了融悲、喜剧于一体的"正剧"，被誉为"现代戏剧之父"，是莎士比亚去世三百年后最伟大的戏剧家。瑞典的奥古斯特·斯特林堡所开创的现代主义戏剧对世界戏剧产生了重大影响。戏剧是文学的一部分，所以我们在选编时也选了少量的戏剧作品。被选入本系列中的作家，有的是北欧当代文学的开创者，有的是北欧当代文学中各种流派的代表和领军人物，都是北欧当代文学中的重要作家，他们的作品经历了时间考验。

在北欧文坛中，拥有众多有成就有影响的工人作家是其一大特色。有的还获得了诺贝尔文学奖，成为世界级的大文豪。这些工人作家大多自身是农村雇工或工人，有过失业、饥饿或其他痛苦的经历，经过自学成为作家。他们用笔描写自己切身的悲惨遭遇，对地主、资产阶级的剥削和压榨写得既具体细腻又深刻生动。正是他们构成了北欧20世纪以来现实主义文学的主流。在这些工人作家中最突出的有丹麦的马丁·安德逊·尼克索和瑞典的伊瓦尔·洛-约翰松等。对这些在北欧文坛上占有重要地位的工人作家的作品，我们当然是不能忽略的，把他们的代表作选进了这套丛书之中。

除了以上这些久享盛誉的作家外，我们也选了新近崛起的、出生于1970和1980年代的作家，如出生于1980年的瑞典作家乔安娜·瑟戴尔和出生于1981年的挪威作家拉斯·彼得·斯维恩等。他们的作品在北欧受到很大欢迎，有的被拍成电影，有的被搬上舞台。这些作品，虽然没有经历过时间的考验，但却真实地反映了目前北欧的现状，值得收进本丛书之中。

从流派来看，我们既选了现实主义作品，也不忽略浪漫主义、超现实主义和意识流的作品，力求使读者对北欧当代文学有个较为全面的印象。从作家本人的情况看，我们既选了大家公认的声誉卓越的作家的作品，也选了个别有争议的作家的作品，如挪威作家克努特·汉姆生，他是现代挪威、北欧和世界文坛上最受争议的文学家。他从流浪打工开始，1920年成为诺贝尔文学奖得主，晚年沦为纳粹主义的应声虫和德国法西斯占领当局的支持者，从受人欢呼的云端跌入遭国人唾骂的泥潭，而他毕竟是现代主义文学和心理派小说的开创者和宗师，在20世纪现代文学中扮演了承上启下的转型角色。我们把他的"心理文学"代表作《神秘》收进本丛书。这部作品突破传统小说的诸多常规要素，着力于通过无目的、无意识的内心独白，以及运用思想流、意识流的手法来揭示个性心理活动，并探索一些更深层次的人生哲理。1978年诺贝尔文学奖得主、美国作家艾萨克·辛格说："在我们这个世纪里，整个现代文学都能够追溯到汉姆生，因为从任何意义上他都是现代文学之父……20世纪所有现代小说均源出汉姆生。"我们把这位有争议的作家的作品选入我们的丛书，一方面是对北欧和世界文学在我国的译介起到补苴罅漏的作用，另一方面也可进一步了解现代文学的来龙去脉，以资参考借鉴。

　　20世纪60年代中期，瑞典出现了一种新兴的文学——报道文学。相当一批作家到亚非拉国家进行实地调查，写出了一批真实反映这些地区状况的报道文学作品。这批从事报道文学的作家大都是50年代和60年代在瑞典文坛上有建树的人物。如瑞典作家扬·米尔达尔是这种新兴文学——报道文学的代表人物之一，他的《来自中国农村的报告》（1963）成为当时许多国家研究中国问题的必读参考材料，被译成十几种文字多次出版。他的这本书材料详尽、内容真实、记载细腻而风靡一时。还有福尔盖·伊萨克松通过访问和实地采访写出了报道中国20世纪70年代真实状况的作品。这些文字优美、内容详尽的作品为西方读者了解中国起了很好的桥梁作用。他们的作品是在我国改革开放之前来中国写的，今天再来阅读他们当时写的作品，从中也能领略到时代的变化、改革开放的伟大成就。

总之，我们选材的宗旨是：尽量把北欧各国文学史中在各个时期占有重要地位的作家的代表作收进本丛书。本丛书虽有45部之多，是我国至今出版北欧丛书规模最大的一部，但是同150年的时间长河和各时期各流派的代表作家与作品之多比起来，45部作品远不能把所有重要作家的作品全部收入进来。

本丛书中的所有作品，除了极个别以外，基本都是直接从原文翻译，我们的目的是想让读者能够阅读到原汁原味的当代北欧文学。同英语、俄语、法语等大语种翻译比起来，我们直接从北欧语言翻译到中文的历史不长，译者亦不多，水平不高，经验也不足，译文中一定存在不少毛病和欠缺之处，望读者多多包涵，也请读者给我们提出宝贵的建议和意见，便于我们改进。

本丛书能够付梓问世，首先要感谢中国国际广播出版社执行董事张宇清先生和副总编田利平先生，田总编是在本丛书开始编译两年后参与进本丛书的领导工作的，他亲自召开全体编委会会议，使编委们拓宽思路，向更广泛的方向去取材选题。没有他们坚挺经典文化的执着精神和开拓进取的勇气，这部丛书是不可能跟读者见面的。我还要感谢本书所有的编委，是他们在成书过程中做了大量工作，从选材、物色译者到联系有关国家文化官员和机构，都付出了辛勤的劳动。不仅如此，他们还亲自翻译作品。没有他们的默默奉献和通力合作，这部丛书是难以完成的。在编选过程中，承蒙北欧五国对外文化委员会给予大力帮助和提供宝贵的意见，北欧五国驻华使馆的文化官员们也给予了热情关怀，谨向他们致以衷心的感谢。对编选工作中存在的疏漏和不足，还望读者们不吝指正。

2021 年 10 月
于北京潘家园寓所

石琴娥，1936年生于上海。中国社会科学院外国文学研究所北欧文学专家。曾任中国－北欧文学会副会长。长期在我国驻瑞典和冰岛使馆工作。曾是瑞典斯德哥尔摩大学、丹麦哥本哈根大学和挪威奥斯陆大学访问学者和教授。主编《北欧当代短篇小说》、冰岛《萨迦选集》等，为《中国大百科全书》及多种词典撰写北欧文学、历史、戏剧等词条。著有《北欧文学史》、《欧洲文学史》（北欧五国部分）、"九五"重大项目《20世纪外国文学史》（北欧五国部分）等。主要译著有《埃达》《萨迦》《尼尔斯骑鹅旅行记》《安徒生童话与故事全集》等。曾获瑞典作家基金奖、2001年和2003年国家图书奖提名奖、第五届（2001）和第六届（2003）全国优秀外国文学图书奖一等奖、安徒生国际大奖（2006）。荣获中国翻译家协会资深荣誉证书（2007）、丹麦国旗骑士勋章（2010）、瑞典皇家北极星勋章（2017）等。

译　序

　　一个普通的凌晨，我在上海，沉睡中接到了来自丹麦的电话。电话的那头，我的丹麦房东的女儿告诉我，房东爷爷在前一天走了，她觉得有必要打电话告诉我。我哭着挂了电话，哭着睡着了，醒来后又哭了。在我留学丹麦的八个月中，房东爷爷和他的家人与我结下了很深的友谊，后来，我一直都跟着家里的孩子管他叫"外公"。2021年11月，他离开了这个世界，而我的丹麦，也不再完整了。那时，我刚开始动笔翻译谢诗婷·索鲁普（Kirsten Thorup）的《无人之境》（Ingenmandsland）没多久。

　　在翻译过程中，我时不时会想起房东爷爷。他和小说的主人公卡尔都处在人生的暮年阶段，虽然很多状态和细节大相径庭，但总归还会有一些老年人的共通之处。

　　房东爷爷的老伴儿早几年已经去世了，他和自己唯一的女儿分住在奥胡斯和哥本哈根两个城市，只有假期或是重要节日才会相聚。（所以他才会出租房子，也是希望多一些陪伴。）卡尔的子女把他送到养老院里，自己却总是忙着工作、孩子，也会出国度假。只有在圣诞节这样的重要年节，一家人才会一起到养老院看望他，陪他吃顿饭。这样的生活，老人会觉得孤独吧？

　　印象中，房东爷爷面对电子产品常常容易束手无策，或是手忙脚乱。我在丹麦时经常帮助他，我离开后他只能求助年轻些的邻居。卡尔一个人在养老院里，身体健康几近崩溃，有时甚至连最简单的肢体动作或语言表达都无法完成，身边更是没有可以亲近、求助的对象。这样的境遇，老人会觉得无助吧？

最哀老病躯。很遗憾，是这样的。老人会觉得孤独，觉得无助，还会觉得迷茫，觉得痛苦。在《无人之境》中，索鲁普向我们展现了生活中灰暗阴郁的那一面。更为残酷的是，暮年生活几乎是每一个人生要走向的必然。我跟着卡尔，游荡在他所处的养老院里。他一直想着要逃离此处，却始终只能停留在想要逃离的思绪之中。这部小说带领我们体味年长者的精神世界，也让我们直面对于衰老的恐惧。当一个人老去的时候，自己的家人孩子正值壮年，奔波忙碌，他们很可能选择把家里的老人安置在陌生的养老院。并且，这样的做法无可厚非。然而，如果用一种更加冰冷无情的说法，对于老人而言，养老院不过就是一个等待死亡的地方。

索鲁普的小说朴素、细腻、真实。我常常觉得，丹麦的很多艺术作品，例如电影、戏剧、文学等，都具有同款的"大风格"。这个"大风格"，就是特别贴近生活，反映现实，直抵灵魂。我常常翻着翻着《无人之境》，就停下了笔，因为我突然沉入了卡尔的思绪或是幻境中，又或者是站在他的子女的角度思考着、纠结着。然后，我开始忍不住想，如果我是卡尔的子女，我会如何对待我的父母；如果我是卡尔，当我老了，我会怎么样，我的子女会如何待我。

在整部小说中，索鲁普展现出的对章节布局和情节发展节奏的把控能力也非常出众。小说中有现实，有梦境，有幻想。其中的穿插衔接巧妙而自然，有时更是充满了意境。小说中不同的段落以不同的人物角度和人称来落笔，同时采用了一些戏剧对白的表现形式，都让读者在阅读的过程中获得了更加细腻、灵动，并且有趣的体验。

非常感恩有机会翻译这样一部优秀的作品。感谢帮助、支持我完成翻译工作的每一位亲朋。希望读者朋友们也能在其中获得美的享受。

最后，如果可以，我想把这部翻译作品献给我的房东爷爷 Aksel Bjerregaard。

思麦

2023年圣诞于沪上

译者简介：思麦，公共管理学硕士，本科毕业于北京外国语大学欧洲语言文化学院丹麦语专业，曾赴丹麦奥尔胡斯大学政治学系、中国学系交流学习。曾在中国驻丹麦大使馆工作，长期从事中、丹、英口译笔译工作。译有丹麦系列儿童绘本《阿布棒棒的！》

过早死去还是变老:
除此以外,别无他选。
———西蒙娜·德·波伏娃

目 录

第一章 / 001

家 / 003

第二章 / 013

生气 / 015

忧伤 / 031

失去 / 046

天使 / 064

逃离 / 081

好孩子们 / 087

敲钟人 / 105

第三章 / 121

驱逐 / 123

梦 / 151

紧急状态 / 164

第一章

家

"我要出去。"
"你不能出去。你应该躺在床上。"
"我要出去走走。我要去晒晒太阳。"
"现在是半夜。"
"我没有时间再待在这里了。"
"让我帮你把外套脱了。"
"我还有好多花园里的事情要做。"
"快上床睡觉吧。"
"我说过了,我没时间。"
"你不能一整晚都不睡觉。"
"花园都荒芜了,到处都是杂草。"
"你不用担心这些。现在先上床睡觉吧。"
"见鬼了。"
"嘿,嘿,你想打架吗?"
"放我出去。"
"来,喝杯热牛奶。你就觉得放松了。"
"我不喝,我不吃。"
"你从晚上到现在只吃了一片奶酪。"
"我以后都不吃了。"
"这对我倒是好事。"

"我要出去。"

"来,感觉一下外面有多冷。"

"不冷,有太阳。"

"把手从窗户里伸出去,感觉感觉。"

"没有之前那么冷了。"

"跟我来。你不能一直站在这里。"

"你是谁?"

"我叫比尔吉特,是晚班护工。"

"小姑娘,放我出去吧,我要回家。"

"现在让我去拿外套吧。"

"妈的,婊子。"

"索伦森,你这么有教养的人还说脏话。"

"这里也不是一个好地方。"

"你习惯了就好了。"

"这里闻起来像妓院一样。"

"你从来没有去过妓院。"

"我管过一个有175头奶牛的牛圈。"

"我马上就要对你失去耐心了。"

"您不应该称呼我'你'。"

"来吧,索伦森。我们去睡吧。"

"不,不是这条路。出口在那边。"

"你都快把我弄哭了。"

"别哭。我没空。现在种土豆已经太晚了。"

"我不得不去叫医生了。"

"我没事儿。"

"他能给你一些可以让你睡着的东西。"

"请你打电话叫一辆出租车,到孙纳街10号。"

"那你过来吧。"

"啊,好痛。妈的。"

"这不像你会说出来的话。"

"我要回家。草都长长了。"

"你就在家里。这里就是你的家。"

"我每个晚上都得睡在这里吗?每天晚上都要如此吗?"

"对,你得睡在这儿。"

"我不想睡这儿。"

"我们会照顾你的。"

"天使会照顾人。"

"我就是天使。"

"艾伦?"①

"天使。"

"你是来接我的吗?"

"索伦森,你在哪里?你能听见我说话吗?"

"嗯。"

"你就站在窗口别动。我马上就来。"

"艾伦,你是来接我的吗?"

"是的,爸爸,我是来接你的。"

"你要带我去哪里?"

"回家。"

"看,我已经穿好外套了。我等你很久了。"

"火车晚点了。"

"车次表在哪里?应该有车次表的。"

"对,车次表,我第一次独自坐火车的时候你给我写过

---

① 丹麦语中艾伦"Ellen"和天使"Engel"音近。

车次表，上面有所有的车站，还有出发和抵达时间。"

"趁着现在还有太阳，我要走了。"

"太阳不会再落得更低了。"

"来吧，趁着他们还没锁门。"

"我们从锁着的门中间走过。"

"你是我的天使，艾伦。"

"我会陪着你的。"

"墓园里所有的鲜花都是见证者。"

"你会和妈妈一起埋葬在这里。"

"你是死亡天使吗？"

"我是光之天使。"

"那就照耀我吧。"

"你觉得住在这里怎么样？"

"要是住惯了更大的地方，这里就显得挤了点儿。"

"我是来照顾你的。"

"我们要回家去看看花园吗？"

"对，我们走吧。牵着我的手，回家的路很长。"

"你都这么大了。你原来只有七岁。"

"七岁、十七岁、三十七岁哪怕是五十七岁，都是从一岁开始长大的。"

"我要离开你了。我好难过。不是为我自己难过，而是为你难过。不是因为你要一个人了。独自一个人不是不幸，也不是灾难。我是为了别的难过。"

"除了孤独，还有什么呢？"

"上帝占据了我的灵魂，控制着我，但是他不能操控我周围的事物。"

"我不信上帝。"

"小天使,我怕你过得不好。"

"你不用担心我。日薄西山的人是你。"

"我不会死的。"

"行,那就别提死了。谁又说了你要死呢?"

"你说的。"

"你理解错了。"

"那就给我说点儿别的吧。"

"你看见海上的帆船了吗?那些白色的帆,风一吹就像丰满的乳房一样。"

"你看见的我也看见了。"

"白桦树的树干上有白斑。你摸摸那粗糙的枝干。"

"一棵树能活好几百年。"

"你也可以的。"

"不是所有人都有理由一直活下去的。"

"你有我。"

"你离我太远了。"

"但是我现在就在这里。"

"我以为你永远也不会来了。"

"我会一直陪着你的。"

"只有死亡能把我们分开。"

"对。"

"那我们结婚了。"

"我会给你收拾屋子,帮你洗衣服,为你做饭。"

"多少钱?"

"我不会把你交给陌生人的。"

"您想要多少报酬?"

"我不是侍女。"

"那你是谁?我不认识你。"

"看着我。仔细看着我。"

"我看到一座美丽的花园。"

"玫瑰花丛郁郁葱葱,散发着迷人的香气。"

"我的花园里没有玫瑰花丛。我们走错了。"

"看,你整整齐齐的小菜园里,有卷心菜、土豆、豌豆、胡萝卜、沙拉菜、小萝卜头。"

"现在是冬天。只有泥土。"

"发挥你的想象力。"

"你要带我去哪里?"

"听,有狗叫声。狩猎开始了。"

"那是一个冬天的午夜。安静的夜晚,清亮的月光。我想听一个小小的童话。我拿起猎枪,走到附近的田地里。我藏在动物经常出没的小路旁边。没多久就来了几只兔子,但是我没有朝它们开枪,我害怕。"

"但愿我那时候就认识你,在你还年轻的时候。"

"然后来了一只落单的兔子。当它进入我的射程时,我瞄准它,射击。枪声响彻寂静的夜,过了一会儿,森林里传来巨大的回声。我被枪响的回声惊到了,才突然想到,护林人会不会听见枪声,会不会以为是偷猎者。后来,我沮丧地走回农场,回到我马厩上的阁楼小屋睡觉了。"

"第二天,阳光从清澈微霜的天空洒向大地。"

"不,不是的,那天的天气差到令人恐惧。农场主把我叫去,问我前一晚半夜是不是出去打枪了。我被狠狠地修理了一顿,差点儿丢了工作。"

"那是还没满十六岁的时候。"

"你怎么带我回来了?"

"有人说，回忆从前可以保持脑子年轻灵活。遗忘会让人发疯。"

"上帝，请不要让我疯狂。我不想发疯。救救我的脑子。"

"好多马。你看到没有，所有的马都被拉出了马厩，在院子里排得整整齐齐？安静的和懒惰的配对，难驯服的和被虐待的配对，傲慢的和尊贵的配对。这一对对马匹，有的用来种地、拉甜菜车，有的给农场主拉车。"

"我是和马一起长大的。我们就像一个古老的寓言故事。我用绳子管马，从来不用鞭子。我轻声细语地和马说话。我会大喊着赶它们。只有在紧急情况下我才用鞭子，或者在没有路的时候，要不然人和马车可能都会掉进沟里。我给它们梳理皮毛，用油脂润滑它们开裂的马蹄。我照顾它们，就像照顾自己的亲戚一样。"

"来，我们在结冰的田野上走一条捷径，田里的谷物都休眠了。"

"我想回家。"

"我们就在家里。"

"你为什么背叛我？"

"索伦森，你走太远了。来，回来睡觉吧。"

"艾伦，你在哪里？你别走。"

"她很快就会来看你的。"

"她刚才在这儿，然后又不在了。"

"索伦森，那是我。"

"她不见了。我要出去找她。小艾伦，黑夜里就她一个人。这么晚没有火车了。"

"你有她的电话号码吗？我们明天给她打电话。"

"她没有电话，也没有电话号码。"

"我不能整晚都照顾你。我还得照顾其他人。"

"我不认识他们。"

"你总是一个人待在房间里。"

"我不喜欢强制性的集体活动。"

"集体活动也许能让你心情好一点。"

"那我宁愿喝一杯烧酒。"

"你和一般人不太一样。"

"你不能那么做,你是有魅力的。嗯,嗯,嗯,嗯,嗯,嗯……你不能那么做,能吗?"

"把你的手给我,我们走吧。"

"好,艾伦。我们走吧。小朋友们都没有信仰。他们有自己的信念。"

"索伦森,我们只能陪伴孩子们一段时间。"

"对,孩子们不能成为我们的父母。"

"所以我们在这里照顾你就很好呀。"

"市政府是我们的后妈。每次我放假回家的时候,她从来不对我说'欢迎回家',这让我觉得伤心。但是我能感受到她的情绪。她怕我在家住太久,花家里太多钱。她不给我饭吃。那我也无视她,不和她道'日安',直到我死都如此。"

"那我们现在只要把外套脱了挂到衣柜里就好了。"

"我能躺在这张床上吗?"

"索伦森,这就是你的床。"

"不,这是市政府的床。我就是来这里的时候借用一下。"

"你不必离开这里。"

"不,我会离开的。"

"你并不害怕你自己。"

"我已经习惯了和后妈相处。"

"现在你只要把被子盖好。"

"不,这被子都把我压下去了。"

"晚上会冷的,我们要注意保暖。"

"我以前都和衣而睡。"

"你至少要把鞋子脱了。"

"我晚上穿着鞋才不会摔倒。"

"可是穿着鞋睡不太卫生。"

"拿破仑是穿着靴子睡觉的。让我也穿着鞋吧。一个士兵应该时刻准备好行军。窗外正在进行世界大战。"

"索伦森,那就这样吧,咱们就晚上不穿鞋。"

"你昨天也是这么说的。"

"昨天我没有值夜班。"

"你们这些小姑娘都一样。你们说的话全都一样。"

"晚安,索伦森,睡个好觉。"

"请你把灯开着吧,这样我晚上就能看见了。"

……一幅画面不断出现。画面中,他一个人穿着居家鞋、衬衫,坐在客厅扶手椅潮湿脏污的坐垫上,就像刚浇过水的菜园里的一株植物。另一个画面中,一个心智如孩童的老人坐在一张过大的椅子里,因为椅子上的污渍被气到发抖的儿子责骂,这个污渍是由对玛塔的死和葬礼的震惊造成的。如果她还活着,无论之前还是之后都不会发生这样的事。他坐在扶手椅坐垫上半天后,这个污渍被发现了,这仅有的失误让他遭受了最严厉的惩罚:从这个家里被赶出去。这是他和玛塔共同经历了顺境和逆境的家,从这片与他有着千丝万缕联系的土地上被赶出去。他用尽全力反抗这次驱逐，这是出于本能的巨大力量，这力量迫使他的儿媳使用了丑陋的把戏。他很想再看到玛塔坟墓上的鲜花，她就用鲜花引诱他。他像连体婴儿似的和坟墓联系在一起。这座坟墓就像一处新伤，被思念的盐和胡椒擦拭过。这是一道无法愈合的伤口，因为那是生命本来的意义，是他在世间唯一的支点。他的世界就要沉入大海，消失在他眼前，这大海就像创世纪以前的虚无那般朝他汹涌而来。这虚无使得他用一整个时代创造的一切都崩塌了。他坐在扶手椅上，在自己的粪便上，活了下来。他被强行从坟墓的花丛前带走。他坐上儿子和媳妇的丰田车后排座，第一次好奇地观察着雨中的秋景，很快就又忘记了那些事。这片原始的风景徐徐展开，他内心涌现出一种难以言喻的熟悉和喜爱。这里有以前从未见过的路边的树木和崭新的丘陵，还有一座粉刷过的教堂。教堂的钟声还没有敲响。那是一座好像在外国明信片上的教堂，一座没有任何洗礼和婚礼画面的教堂。这些画面都被风吹散，零落在寒冷黝黑的原野之上……

第二章

生气

玛塔，如果你能看见我，我会留在一个灰暗阴冷的堡垒里，床垫下放着爱人或者姐姐皱巴巴的照片。那感觉和第一次世界大战时我被征召进预备队时一模一样，就是在战时警戒期，一样消磨时光，一样无所事事，每天纪律严格的作息节奏和日常训练也一样。

是我没有把他们培养好吗？是我太温柔了吗？我以前一手牵着一个孩子，绕着圣诞树唱圣诞歌的时候，我热泪盈眶，内心最柔软的地方受到触动。不过这种情形也就一年发生一次。我要是哭得多了，他们会不尊重我的。他们已经送了我"赋闲"这个词，来揶揄我这个老人家。我在这里就是个错误！这不是给白人待的地方。

我不知道我在这里已经多久了。这墙上没有照片，窗边也没有盆栽。等这个休息期一结束，我就可以回家了。乌夫把我的衣服都收拾到他的旧运动包里，带我坐上车。那一切发生得太快了，我都没来得及反应过来，我们要去哪里。我只知道他是从意大利还是泰国度假回来，然后来接的我。如今有这么多假期，我也没法掌控他们所有的旅行。乌夫和他的母亲一样，都是温柔又直接的人。从他出生第一天起，我就开始爱护他。我对每一个孩子的爱都超过了对他们母亲的爱。这也许就是他们惩罚我的原因吧。

窗外那些该死的冰柱子,就像他妈的牢笼一样。我不该那么说,我不该说脏话。我以前不是这样的,可是这种监禁生活让我成了一头怪兽,巴黎圣母院里面的敲钟人好像住进了我身体里面。我像土耳其人一般谩骂、殴打工作人员。装药的小杯子掉落在地上,邪恶的蓝色小药片滚到床底下。我就这么对待那些漂亮的女士,而她们并不知道怎么做对我才是好的。我该为自己感到羞愧。

但是,那个住在我身体里的敲钟人,那个下三烂、畸形儿、驼背,他并没有觉得惭愧。我狠狠地咒骂他。他抬起胳膊挡住自己的脸,开始哭起来,涕泗横流。我朝他大吼,让他别哭了。我受不了听见别人哭。他们感受到痛苦是好的,只是他们不要哭。对我而言,哭声就好像针扎一样。我听不得孩子的哭声,那感觉就像蚱蜢钻进耳朵里似的。

我没有说话,为什么我变成了这么疯疯癫癫的一个人?我问那些女士,我是怎样一步步成为现在这个样子的。她们笑着轻轻拍了拍我。我喜欢她们宽大的白色制服,就像刚熨好的宴会桌布似的。她们让我想起了芬斯山庄园的女仆掌控全场的画面。我这个小可怜做梦还会梦见妈妈,我的胖乎乎的、手指粘着厚厚面粉的好妈妈。我小时候就躺在她的怀里,她给我梳头,这样我就心满意足了。

要十匹疯马才能把我拖进餐厅。我不喜欢和毫不相干的陌生人一起吃饭。一天三次用同一个问题来折磨我,真的有必要吗?我就要在自己房间里吃。他们可以用托盘把饭菜端进来,放在桌上,然后出去。最好他们出去时还可以把门关上,让我一个人安安静静待在房里。

这顿又是烤猪排配香菜酱。我们在农场时早中晚都是吃盐渍猪排，整个冬天天天如此。油腻的猪排毁了我的肠胃，也毁了我的青春。油脂从报纸里渗出来，流到纸盒里。盘子空了的时候就看起来舒服多了。然后我就可以躺下，一直睡到晚饭的时候，不过也只是闭目养神。梦魇让我对密闭空间充满了恐惧。在梦中的童年里，邪恶的城堡在迷雾中显现，有塔楼和尖顶，有护城河与吊桥，还有电闪雷鸣的天气。我宁愿梦中看到的是未来。在未来，巨大的灾难接连发生，一切都要从孩提时代重新来过。

他们进来取餐盘和空盘子，还站在那儿谈论我，就好像我根本不存在似的，甚至好像我已经死了一样。一个死人是听不见他们的话的，什么"不合群""不好伺候""戳他的时候很好玩""消沉""不合作"。但是，小兔崽子们，我现在已经不是指什么就能叫什么的状态了。比如我想的是灯，那我就能说"灯"。有时候我说出来的词完全不是我想表达的，比如我想说灯，但我说出口的是"设备"或者"独奏"。这就是从我嘴里说出来的乱码，听不清又没有意义。我为啥可以听你们闲扯这些鸡零狗碎的事情那么久呢？

我指了指那个纸盒子。我被关进这里前，我说我吐了。女仆低头往盒子里头看，还靠近鼻子闻，好像她把头伸进了有呕吐物的垃圾箱里似的。对不起玛塔，我说的又是那个屁股翘翘的矮个儿胖女仆。那个驼背收走了我不值钱的房子，让我无家可归。除了这个世界，好像还有另一个世界，一个看不见的世界。这是一个更大的世界，更加光彩夺目，只有内省之人才能看到这个世界。在这里，对于明天的害怕消失了，没有黑暗，只有光明。我从来都认为上帝是在永恒的光明中的，光芒是上帝的长袍。上帝在黑夜中是赤身裸体的。我们是上帝的子民，在他面前也是赤裸的。孩子般晶莹大颗的泪珠和我这个老人浑浊的泪水混在一起。我不是因为倒翻的牛奶痛哭，我永远不会忘记那些刻骨铭心的回忆。那只狗说，简言之，那就是我——那也是我。

我年轻时读过一本书，是杰克·伦敦的《燃烧的戴莱特》。那本小说平铺直叙的，没什么看头。主人公应该是个男人，这个不幸的男人被判决囚禁在黑暗潮湿的牢房最底层。玛塔，现在你要竖起耳朵听好了，这些不是你要忍受的。你受不了听到人们遭难。

主人公想通过精神的力量摆脱囚服的束缚，逃出生天。我好多次都想学他的一些办法，因为我和他的处境一样，都被关在牢房里面。亲爱的，怎么办？我要告诉你：就在这个地方，通往自由的门被双保险锁死了。

我一直是个喜欢户外的人。过去这些年我都在忙活自己的"综合农产品店"，被关起来后我受够了在屋子里的生活。我想到外面去，每天花几个小时在外面活动活动。当我离开那里，以为你在照看顾客的时候，我到底去了哪里呢？这是我的小秘密，我对此从来没有过直觉的怀疑。除非，我们俩互不分离就是你对我的安排。我终于成了你的人生伴侣。就是这样的。我们银婚纪念的时候，大家一起唱歌，表达对你的尊敬。我们唱道："你在家里，为我读书……"大家都知道，跳舞对我来说一直不是件容易的事情。

那些女士刚走开，我就离开了禁闭室，我就在里面待到了吃饭的时间。从我起床，直到我睡觉，我一直守着主入口，随时做好准备，一旦有机会，我就要跟着工作人员或者访客溜出去。我就这样成功过一次，仅此而已。我不记得到底是哪天了，可能是这周或者上周的某一天吧。我只记得自己被认出来后就被带回来了。

别墅花园的芬芳香气闯进我的鼻腔，我的心里涌起了一阵甜蜜的思绪。"思想无须缴税。"这是我们年轻的时候常说的。回到家里，我又直接上床了，衣服都没脱就钻进了羽绒被里。当院长开门进来用对待学生一样无礼的态度谩骂我时，我也只是抬眼看了看自己面对的那堵苍白的墙壁。我没听她的。我决定尝试一下从之前提过的那本小说里学到的一些技艺。我一直偷偷练习，也凭感觉做一些尝试和训练。这种试验对于未来的孩子来说就是家常便饭，他们肯定会有更加先进的技术。

院长尖锐的女性嗓音像刀子一样刺进我的脊髓。我的思想沉入了自己内心的世界。我在精神世界里抓着她摇了摇。我的呼吸放缓到最微弱的节奏。我的灵魂在某个短暂的瞬间完全静止了。这种感觉就像做梦一样，有一股脉动穿过我的身体。对我的思想和灵魂、我的喜悦与悲伤而言，我的身体不过是一处脆弱的居所。我的身体就像一个发动机一样陪我度过了漫长的人生，缺点很少，没有过特别重大的维修。我一直都小心翼翼地照顾我的身体：饮食规律且营养均衡。我每天早晨吃黑麦粥；午餐是三整片白面包配鸡蛋、烟熏粗香肠配奶酪，还有两杯淡锡兰茶；晚餐是土豆、卷心菜或者蔬菜什锦和一片鱼或者肉。我还坚持大量运动，早上在床上跟着磁带播放的音乐做早操。（这些都是在二十年以前，我被强制带离自己家之前的事情。）

这样的救助迫使我选择了另一种方式——进行脑部锻

炼，让精神控制身体。我可怜的躯体就这样被渐渐封印。我也不再去户外享受新鲜空气了，不听鸟儿唱歌了，我这个老朽的身子也感受不到阳光的温暖了。尽管这不是我自己的功劳，但我还是为自己的身材保持和身体健康感到自豪，毕竟没有人可以一生都逃过疾病的掌控。

　　我现在要离开的就是我的那具躯壳。但是我还没有完全放弃我的身体，或者也似乎可以说，我的身体没有放弃我。那是一个复杂的过程，考验我的耐性。呼吸仅仅是最初的那一步，然后是沉睡一段时间，再之后身体的每个部分都会被废弃，就像蝴蝶破茧而出后留下的茧一样。我从左脚的小脚趾开始，集中注意力，试图让它消失。这事儿既费力气，又花时间。我的注意力延展到整只左脚、右脚、双腿，我用这样的方式一直把注意力扩展到我的头部，这也是最后一个消失的部位。就像砖瓦工从上往下一块砖一块砖地拆散一堵墙似的，我也有条不紊地想象着我身体的所有部位消失。最后，我只留下了自由的灵魂，可以轻而易举地穿墙过门。

　　我的大脑好像控制不住自己似的，在我的头颅里奇怪地扩张。好像有一点光亮照进来。我好像一下子消失了，下一秒又出现了，我仍然在自己的身体里徘徊，好像我已经停止了刚才那种使躯体消失的行动。现在，我的大脑已经充斥了整个头颅，大脑的范围已经超过了颅骨，还在不断外扩。

　　同时，我的房间也越来越大，像个大会堂，像停放飞机的库房似的。院长的声音在这个越变越大的空间里成了苍蝇的嗡嗡声一般。我的心跳间隔时间很长。我开始在每两次心跳之间读秒计时。一开始大概就这么过了一百多秒。

后来这个间隔变得越来越长，最后我不再计时。时间越来越久，这个空间也越变越大。我感觉自己的身体几乎要被清空了，但是又好像还有什么和我有所连接。

最难放下的就是我的心脏周围这一片。我的心脏牢牢地在我的胸腔里面。我再一次把注意力全部集中到我的胸口，然后慢慢感受不到胸腔了，也感受不到心脏。最后一步是我进入一片虚无，那时只有意识在脑海中，也许我的一部分大脑还在我的头颅里面。与此同时，我的意识在头骨的其他部分扩展着。最后，我消失了，只留下了我的意识和灵魂。

我好像纵身一跃，跳到了养老院的屋顶上，又到了葛尔勒夫市的上空，最后一直飞到了星星上。我在星星之间漫游。我用我的拐杖勾着星星的尖儿，晃一下就荡到了另一颗星星上。我一直都知道，我就是我。这种感觉就像是我的幻想在狂欢。这种状态就像是吸毒后的幻境或者仅仅是普通的梦中。

突然，我勾错了一个星星的尖尖，我意识到，我遇到危险了。一个命令般的、高傲的声音穿透了我的意识。群星闪烁的天空坍塌了，我掉到了地上。这个声音好像裂开了似的。在声音的停顿之间好像有一个光年，然后我又飞到了天上，在那里徘徊漫游了好多个世纪。

这个像刮胡刀一样的声音又来了。就像我刚才形容的那样，每个声音的间隙，哪怕只有一秒钟，对我来说都像永远那么久。所有这些听起来是不是就像老人家的无趣唠叨？但这经历就像一个人在谵妄中看见蛇那样真实可触。我再也不能在星空之路上毫无顾忌地徜徉了。那个声音充斥着我的耳朵，让我害怕。我不能表达自己的想法，渐渐地，我整个人也就失去了表达自我的能力。我知道我有自己的声音、嘴巴、舌头和嗓子，但是这些又帮得了我什么呢？

片刻之后，那声音消失了。我又可以在星星之间徜徉了，不用害怕被喊回地面。我感觉自己快要睡着了，是一种昏昏欲睡、飘飘欲仙的感觉。那是一种我在地面从未有过的舒适感。我曾经那么渴望自由，就像饥渴的人在沙漠里时渴望水源那样。我梦想着拥有干净、光滑、有弹性的皮肤，而不是现在这种干得像羊皮纸似的样子。但我梦想的这一切并不是梦。

我醒了。我刚刚醒来，没有立刻睁开眼睛。发生的一切都感觉那么自然。我就是我。不过，我是那个年轻时候的自己。我发觉自己身在户外那冷峻的晨雾之中。我手里拿着一把铲子，刚挖完一个坑。我站在一个三十厘米深的沟壑里面。长官命令我们四连挖一条从罗斯基勒到科格湾的锯齿形战壕。泥土都冻住了，有很多庄稼和灌木的根茎牢牢地扎在地里，使得挖掘工作进行得很困难，几乎都没法把铲子插进地里。我很幸运，因为我早就习惯了干农活儿，用惯了锄头和铲子。

我们必须在春天开战前把壕沟挖好，所以我们必须每天挖够一定长度，否则就要被关禁闭。像平常一样，我提前完成了任务，就开始帮我旁边的93号松土。他手上都起了血疱，已经控制不住挖土的力道和节奏了。他已经被关了好几次禁闭，还被罚过别的。他以前是个喜剧演员，不知道怎么服从命令。

我们完成了每天的挖掘任务后，会行军回到斯朗厄鲁普的大本营。所谓大本营，其实就是在一个集合大厅里，用白色木板隔出像鸡窝似的一块块分区，每个分区有六个床铺。93号就躺在我旁边。有一天晚上我正要回自己的床铺，他拦住了我，手里拿着一封信。他请求我把爱人写给他的这封信大声读给他听。我不是特别明白他真正的意思，但他反正是让我相信了他确实不识字。

我坐在他身边，开始大声读信。这信虽然写得有点磕磕巴巴，但是可以看出姑娘的情意。信读完了，93号坐在那儿，手里紧紧攥着写得密密麻麻的信纸。我对他说，我可以帮他写信，他来口述。他听完眼睛亮了，脸红得像红灯一样。他马上就开始说了，他说的内容根本就是一封正正经经的回信，就好像他早就已经想好了很久很久似的。

当春天那场战役打响时，泥土中的霜冻还没有完全消融。晚上的时候，我们必须睡在战壕里。虽然我们睡觉的洞外面用草垛子都盖好了，但是那种冷仍然让人想要骂娘。第一个晚上几乎要让人崩溃。破晓之前，进攻就要开始了。黎明前是最黑暗的时刻，等待让人无比煎熬。我们挤在那些狭窄的洞穴里，一整夜都没有合眼，我左右的人都往我这里挤。93号躺在我旁边，讲故事给我们逗乐儿。他说，西边前线的战士在一次进攻前，为了壮胆，喝了好多酒精麻药。我不是很相信这个故事，听起来太让人震惊了。

当地平线上露出第一丝鱼肚白的时候，我们接到了命令，要穿过白雪覆盖的田野。我们都知道，"敌人"就在我们前面的木板堆后面躲着，等着我们，做好了攻击我们的准备。我们本来应该还要戴防毒面具的，因为有一个所谓"毒气墙"在我们左侧。但是不知道什么原因，面具的供应没有跟上。我心想，太幸运了，因为我不喜欢戴面具。如果戴了面具，我的嘴巴就要箍着，就好像我被关在一个洞里面，我总是能听见自己的呼吸声——吸气、呼气、吸气、呼气——这声音会盖住所有别的声音。

有几颗晨星朝我们悄悄眨着眼睛。只要能看见星星，我就总觉得有了安全感。我还默默祈祷，希望不费吹灰之力、不必惊心动魄就能战胜对面的人。与此同时，我们像青蛙或是蜥蜴一样匍匐行进，在光秃秃的土地上快速向前。我们浑身是土，眼睛直直盯着前方，屏住呼吸。我的嘴巴特别干，靴子里的脚冻得像冰块一样。

天越来越亮了。我们得到的命令是：只有在可以看见最前排的敌人时才能射击。一名军士大喊道："各纵队看齐！"我们一边看齐，一边继续右左右左匍匐行进。我几乎都能感觉到，敌人的望远镜正从木板堆后面瞄向我。他就在我们对面的掩体里面。这场战役从一开始就是不公平的。之前就有传言说，我们这次战役就是对索姆河战役的模仿，当然，规模要小得多。

没等我们开第一枪，敌人就对我们开启了攻势。一个手榴弹在我们前面几米的地方爆炸了，小石头和泥块砸中了我们的钢盔。我们开始反击，但是我们太弱了，而且敌方开始用步枪攻击了。我们已经完全没有反抗之力了，可上级命令不许撤退。枪林弹雨中，我们竭尽全力反击。我认为，我们早在一开始就是这次战役的输家。

至少，我们的指挥官会提前给我们做好标记，说明是战亡还是伤员。后来，我成了伤员之一。我身上的标记写着，我的胸口受伤了。我必须原地平躺，等待红十字会的救援人员。我、其他伤员和阵亡的战士一起，四散躺在地上，等待着。三刻钟以后，我躺在担架上，被抬到一个

"包扎点",其实就是防水布盖着的一片砾石空地。

我们带着"包扎好"的伤又等了好几个小时,终于有个人驾着辆马车来了,就当是救护车。我们被安置到马车上,来到"战地医院",说白了就是距离树林木屋几公里处的一个农场。为了照顾伤员,马匹必须走得稳一点,结果这个"救护车"旅程就变成漫漫长路了。我们躺在车上,在坑坑洼洼的乡间小路上颠簸着。我们在晚饭时抵达农场。我们这些伤员被抬进农场的仓库,每人发了一杯水。那些阵亡的战士又被救护马车带走了。

深夜,我们在仓库里接到命令,要求行军八公里回到战壕。我们已经一整天都没有吃饭了,大家都非常饥饿。当我们终于回到战壕的时候,夜战的号角已经吹响。但我还是向上士抱怨,我必须要马上吃点东西。他嘴上揶揄着"没有吃的喝的,就不行了",但还是让炊事班给我们弄了点咖啡和开口三明治。

温度渐渐回升了。田地间的冰霜消融成水,化成泥泞一片。地狱在月光下崩塌了。我们始终处于手榴弹的狂轰滥炸之下,爆炸声不绝于耳,冲击波迎面扑来。希望破灭了。战争的事实已经摆在眼前了。93号滑倒在战壕里,他的前额有一个血淋淋的洞。他张着嘴巴,保持着一种奇怪的倾倒姿势,眼睛睁得老大,一动不动。很多战斗机齐齐整整地从我们头顶上空飞过,所过之处寸草不生,枪林弹雨,尸横遍野,血流成河。我想找找那辆马车,就是那辆颠簸得厉害的马车,因为它代表着希望——回家的希望。然而,当我看到胸口的鲜血在我的制服上晕染成一朵黑色蝴蝶兰时,我知道那显然是幻觉。

我被叫回禁闭室的时候一点儿也不难过。禁闭室的墙都是灰色的。床上、床头柜上和架子上空无一物,旁边放着一张柚木桌和两把椅子。我身上没有任何私人物品。无物一身轻,说的就是这样吧。空荡荡的墙上仿佛有神迹。这个房间像是黑帮匪徒之流寻找精神归宿之路上一个十字路口的一个教堂。

有个声音使我从梦中醒来。院长弯着腰站在我面前,轻轻拍了拍我的脸颊。除了手掌从面前扇过,我什么感觉都没有。我还没有完全清醒,听觉也没有彻底恢复。那声音就像从张大的鱼嘴里发出的黑色尖叫。我听清楚的第一句话是:"差一点儿就侥幸逃脱了。"她会愿意放过我,让另一个人住这里吗?还是她觉得我是一个可以被执行安乐死的人?

我听见她扇我耳光的声音了。我的脸颊和整个脸庞恢复了知觉。她站在床头,想让我坐起来,我就不坐。我太累了,我不想做我那个精神试验了,我还是享受一下身心归一的感觉吧。我闭上眼睛,任由自己神游。她威胁我要叫医生来了。我骂起了脏话。

"恶魔,地狱,妈的。"

她说:"我们不能让你就这样像半死人一样躺在床上。"我既没有"全死",也没有"半死"。但是我不能说话。我唯一能顺利说出来的就是脏话。其他语言都消失了,就仿佛我脑子里都是棉花似的。他们会怎么看我呢?一个没有礼貌的人?一个敲钟人?

我平时都管院长叫"我母亲"。"我母亲"出去给医生打电话了。我在我这个年纪算健康的了,就是旅行回来有点发福,有时候做梦了会有点迷糊,梦里总是能让人再活一次。他们只会拿着注射器打针，真的太疼了。人上了年纪就容易怕疼，像孩子似的。一旦医生那猩猩似的胳膊向我靠近，我就叫得像猪被捅了一样。最少得有两个人摁住我才行，我的力气大得像一头熊。

医生已经站在门口，两个我没见过的女人穿着灰色衣服站在他身后。我如同一只被打中的猎物，要被活活剥皮。我四肢酸痛，就好像挖了一整天沟渠一样。医生来到床边，把医疗箱放在床头柜上，打开。他没有和我打招呼，也没有看我。

他对两个女助手说，请把病人翻个身。其实我自己可以翻身的。她俩太使劲了，一点儿也不熟练，我这脏话就脱口而出了。

"首先必须让他安静下来"，医生说着从无菌包里取出一支注射器，准备注射。他要么扎我腿上，要么扎我屁股。那俩助手一个摁着我的胳膊，另一个摁着我的腿。我努力挣脱，但一切都是徒劳的。我独自一人被压制住。

我疼得撕心裂肺的时候，又有一针扎进了我战栗的皮肤，此时我仍被牢牢摁住。只有等医生同意了，那两个女人才会松手。医生完全按照规章制度开展工作，什么都不能让他懈怠。我们年轻的时候医生都很优秀，无所不能。十年前，我接受过一次搭桥手术。我觉得这个手术有点浪费，我那时已经八十多岁，这么大年纪了，不必再占用医疗资源。我说，把我的手术排期给年轻些的人好了。自从我每天早上要吃一颗强心丸以后，我其实就已经做好了心理准备。

他测了测我的脉搏说："你们现在可以把他翻过来了。"说得好像我是个婴儿或者红酒炖鹿肉里的肉一样。那俩女的遵照执行。医生关注着她们的一举一动。难道他们刚才是在我床前调情吗？我的妻子是我的初恋，所以玛塔去世后我就成了爱情的旁观者，但这并不影响我对爱情的向往。有时候，我也会想要触碰一下那种年轻、紧致、丝滑的大腿。

医生收起包，领着那两个女的走了。他们站在外面的走廊上讨论我的病情。他们大声地谈论关于我最私密的情况和细节。我诅咒他们会下十八层地狱。他们关上了门，却继续高声曝光我身体和灵魂上的隐私。

我突然体会到一种突如其来的幸福感，好似我轻轻地跌进了白白的云朵里面。当"我母亲"又一次站在我床边的时候，我也不知道是过去了两分钟还是两个小时。

"你醒了吗？"她问。我努力点了点头，因为我不想说话。

"我们会照顾你的。"她说。我很恼火，因为我不知道她的话什么意思，我也没法问。

"你的眼神让我觉得害怕。""我母亲"说着就从我的床边往后退了一步。她表现出的这种奇怪的两面性是我这一辈子都没有弄明白的。每个女人都有这样让人琢磨不透的时候。我想说些什么，但是我嘴巴里说出来的都是些乱七八糟、没有关联、没有意义的词儿。

"花，太阳，墓园。"

"很好，索伦森。主明白你的心意。"她说。我不想让她拍我的脸颊，就把头转了过来。我已经被打怕了。她却已经往门口去了。我本来还以为她会在我床边多留一会儿。不过我早就失去语言能力了。

秋天的阳光给餐桌镶上了金边，我问自己，我真的还活着吗？四季更迭、阳光清澄是我活着的理由吗？我是不是应该感激，感激我还能再一次在床边享受落日？我不要。我分明不喜欢这阳光，它照出了我的忧伤和孤独。事实上，我可以放弃整个太阳系。我唯一想要的就是去玛塔的墓前看一看，这是我最后的愿望了，一次就够了。我想给她的墓前放一束鲜花，陪她长眠地下。

要实现这个愿望只能靠我自己，在他们的监视下我是出不去的。他们害怕我从院子里逃跑，害怕还要把我抓回去，强迫我服从他们。为了免去这些麻烦，他们宁愿把我关在这个牢笼里。如果有机会，我肯定会逃跑的，这是我从小就有的本能。

我必须找到后门的钥匙。我已经看见了，走廊里的钥匙箱开着。只有心里对玛塔的想念是不够的，我必须要亲自到她的墓前。但是这一切太难了，我这老朽的身体就这么躺在床上，我新发明的这种想念她的办法也没什么用。她应该要看见我这个人，一个有血有肉的我。对玛塔来说，光有思念还不够。走路过去太远了，我想叫一辆出租车。墓园在一个山坡上，我走上去腿会受不了的。我去看玛塔的时候，要让出租车等着。自从玛塔的葬礼以后，我还没去过墓园。所有的鲜花都是红色和蓝色的。所有的丝带都是白色的。所有的花圈都是绿色的。我要选她最喜欢的黄色小苍兰，可是我忘了把花束放在她墓前其他的鲜花之间。花儿还在家里的矮柜抽屉里，我可以感觉到房间里有小苍兰的香气。这是从葬礼上带回来的唯一颜色。

我也许应该带着毯子，盖在她的坟墓上，这样她在地下就不会觉得冷了。如果我给她盖毯子的时候她能知道，那就最好了。她在去世之前非常虚弱，走得很突然。我和乌夫匆匆到达医院的时候，都没赶得及见她最后一面，这是我永远的痛，但是我得往前看。我不能再等了。如果我再不快点去她的墓前，她又要从我身边消失了，我还没来得及乞求她的原谅。

上帝，如果你在，请帮助我。请让天使带我飞到玛塔的墓前，飞到花丛中，飞到那红、蓝、绿相间的地方。灵魂和精神可以穿越砖和墙，但是身体不能。我的身体在你的保护之下，就像婴儿在母亲的怀里。请带我去看玛塔吧。我想和她在一起整整一天一夜。我内心深处知道，在我去到玛塔的墓碑、看到她墓碑上金黄色的刻字以前，我不能死。我的愿望就是死去，这是我的真心话。但我要先见到玛塔，我要出去见她。见到她之后，你想对我做什么都可以。

我每次见到院长的时候都特别生气、愤怒，忍不住地说脏话、骂人，搞得自己像个可怜兮兮的驼背敲钟人。我唯一的希望就是，你可以用你上天的权威打碎她在人间的权力。我从来没有像在这里一样，如此强烈地感觉到你的存在。我已经准备好了，乞求玛塔的原谅。这些你早就都知道了。但是意义在于这是我自己所忏悔的。困难的地方在于，我已经忘记了我要忏悔的事情是什么。

我记得最清楚的就是童年，它清清楚楚地停留在我的记忆里。对我而言，童年是最珍贵的。我以前考虑过写回忆录，可能很多人都会对这个感兴趣。有言道，每个人都是一本书。

忧伤

随着每次实验的进行,我对意念的掌控感觉越来越好了,身体对意念的阻碍也越来越少。精神独立和自由的感觉来得那么自然而然。我很快又飘飘然飞到天空中。首先,我要去墓园看一看玛塔那里是不是一切都好。我要好好想象,为我亲身到现场做好准备。我降下去,又升起来。好多次我就这样在空中升升降降,上上下下。我发现,我在晚上不能决定自己的去向。在我的意识之外,有一个更高层次的规律在控制着我、太阳、行星在空中的轨迹。当我的意念要寻找一些未知之物时,我掌控不了意念。我在这个空旷的空间里徘徊了很久,直到我感觉突然一沉,发现自己在食物储藏室里。

我手里拿着蜂蜜罐头,用小勺子挖出甜甜的蜂蜜,贪婪地放进嘴里。那时我还不满十岁。童年对一个人的影响太大了,往往会伴随人的一生,从一个人身上可以看出他拥有什么样的童年。它会让我们想起什么呢?它会不会强迫我们把自负的成年生活和童年时光放在一起做比较呢?会不会让我们意识到,我们现在的生活缺少发自内心的快乐?

当周围没人时,我总会在食物储藏室找东找西。爸爸和继母在招待客人。我就利用这个机会享受蜂蜜和果酱。

我那时候特别矮、特别瘦弱,脸上经常有大块伤痕,可能和我吃不饱有关。我们兄弟姊妹几个都过得特别节俭。继母基本上不给我们吃饱。我们根本吃不到肉片和奶酪,只有面包片抹黄油,再撒上点儿红糖或者盐巴。我有一项工作就是去磨坊的西点屋取面包。每当我捧着喷香美味的黑面包和白面包,都忍不住会偷偷咬几口白面包,我们在家里可都吃不上呢。如果我当时真的特别饿,那我到家的时候带回去的面包就会更少,等待我的就是继母左右开弓的耳光。

不上学的日子里,我有时候会偷偷溜进一年级和二年级的走廊,打开一个有美味便当的书包,抓起一块面包就跑到校园里,躲在厕所后面狼吞虎咽。真是太美味了!一种舒适感在我的全身蔓延开来,我的肚子终于消停了。我再溜进去,从另一个书包里拿出一块面包。我这么干了几个月之后就不敢再继续了。因为有的学生会从教室里出来,走到校园里来。这个事情我从来没有和任何人说过,就连我的兄弟姐妹们也不知道。

我偷吃东西这事儿发生在第一次世界大战之前。现在忏悔、承认这事儿已经太晚了。回忆和经历充满了神秘的力量。回忆不是沉睡在脑海的某个角落中,而是驻扎在整个人的身体里面。我们曾经经历过的事情,会在几十年后的某个瞬间,突然重现在我们的眼前,它们只是沉睡了这好些年。

我还只有十岁。爸爸需要找一个男孩儿在教堂唱诗班演出时踩管风琴的脚踏键盘。他觉得我长大了,可以胜任这件事了。一开始没那么顺利。我个子太矮了,又不够重,所以不太容易把脚踏键盘踩到底。但是我逐渐学会了技巧。

每周日我都要去教堂,在参加演奏之前我还负责敲钟。我一敲完钟,就赶紧跑下那几百级的台阶。每次爸爸都要等我到了脚踏键盘那里才开始演奏。

那时候,有上百只寒鸦栖居在教堂的钟塔。它们用细小的树枝枝干把巢筑在钟塔上面的横杠上或者塔沿下。我爬到比较大的横杠上,把那几只刚刚会飞的雏鸟抓回家。等继母出门打桥牌的时候,我就把小寒鸦杀了清理干净,用锅子煮了吃。我觉得这味道吃起来像鸽子。我觉得那滋味真是太鲜美了,整个人都沉浸在那美味中。

把肚子填饱后,我的记忆跳回到了早些时候。我和两个姐姐并排坐在教堂的硬板长椅上,我们还换了下位子,这样妹妹英格尔就可以坐在我们腿上了。爸爸演奏着忧伤的赞美诗。我们看不见他,只能听见音乐声。我们的小弟弟正在母亲的棺椁边接受洗礼。他穿着黑色的洗礼礼服,安静地躺在大人怀里。牧师把水点在他的额头上,给他取名威廉。大姐说,威廉是一个国王的名字。现在,爸爸只能一个人带着五个孩子在学校里了。

我们跟在棺椁边,走到四四方方的墓穴旁。太阳真是刺眼。那个墓穴那么阴暗,感觉是世界上最暗的地窖。我不敢看,不能接受妈妈的棺椁就这样消失在这个洞里。我背过身去,看着远处的平原和深绿色的甘蔗穗。过不了多久,那些波兰姑娘就会把这些甘蔗砍下来。我喜欢波兰姑娘彩色的围巾和深色的眼睛。牧师用小铲子往妈妈的棺椁上撒了三次土。姐姐们哭了,我们围在一起抱头痛哭。

我们阳光灿烂的幸福童年就在那个时刻结束了。曾经,爸爸总是开开心心的。他每天晚上都会把我们叫到他的办公室,让我们按照排行一个接一个坐在他的大腿上。大姐是第一个，最后他会把我们中最小的那个放到地上。然后他会给我们在钢琴上弹唱很有名的赞美诗，我们就跳起舞来。再然后，我们就会一起大喊："讲故事，讲故事！"直到爸爸找出一本童话书，答应给我们讲故事，我们才会停下来。

每个圣诞季，爸爸都会买一棵很高的圣诞树，树顶会一直高到教室的天花板。如果这棵树靠着墙放在院子里，那它只是一棵云杉。但是当我们把它放到教室里之后，它就变身了。现在它是一棵圣诞树，从现在起一直到平安夜，我们都不能看它。平安夜那天，我们从窗户外面偷偷看这棵树，但是窗户上都挂了毯子。

等到晚上，我们吃完圣诞米粥，爸爸会走进去把圣诞树上的蜡烛点上。与此同时，大人们和孩子们都会手拉着手共同期待着。等爸爸把一切准备就绪，我们就会排着队穿过整个屋子，走到教室里。圣诞树上挂满了蜡烛，烛光闪烁，光彩照人。树上还有五颜六色的手作剪纸挂件。篮子里和圣诞锥形桶里放着给每个孩子的糖果和小礼物，比如杏仁条、小羊摆件、小马摆件和天使挂件。我们一拥而上，围在圣诞树旁，开始唱《圣诞快乐歌》。那时一家人的幸福是那么纯粹，那么完整。

然后就是甘蔗假期了。爸爸建议我跟着他一起去天山，他要去天山参加全国运动会。我从来没有去过比马里博更远的地方。我很兴奋，可以坐火车、坐轮渡去那么远的地方。回来的路上，我们还去霍森斯见了一位名叫尼尔森的小姐。我们在尼尔森小姐哥哥的小酒馆见面了，那是个有点逼仄的地方。角落里坐着一个高大壮硕的男人，他怪异地朝我们吼着。我第一眼看到他的时候就觉得害怕了，我就在门口一直站着。爸爸走到尼尔森小姐那张桌子边坐下。我听不清他们在说什么，但是他们肯定就关于女管家的事达成了某种约定。回去的火车上，爸爸特别安静，关于这个事情什么都没提。

尼尔森小姐看上去是一位优雅的女士。她总是身着深蓝色连衣裙，领口系着蝴蝶结。她在我们面前的角色就是一位老师，她经常给我们读课文，尤其是我，听她读了很多课文。慢慢地，我发现她会在给我提的问题里面埋下陷阱，然后我就会中招，说一个很蠢的答案。我讨厌这样，接着我就开始拒绝回答她的问题。于是，她就向我爸爸抱怨我不好好回答问题。爸爸就会严格要求我听尼尔森小姐的话。

一个星期天的下午，爸爸做完礼拜回到家里，向我们宣布，尼尔森小姐要成为我们的妈妈了。我们走进屋子里，和爸爸、继母握了握手，但是没有孩子发自内心地开心。教堂歌手和他的夫人一起回家了，要和我们共进晚餐。然后，我们童年时代的另一个部分开始了。在这个阶段，我们有一个不大好的继母。她在家时，我们这些兄弟姐妹都被管得很严。她对我们很严厉的时候，我们也不会告诉爸爸，因为我们不想让他难过伤心。

他们婚礼结束的第二天，继母就让我们去干活儿了。大姐伊丽莎白当了厨房和房间的侍女。我和约翰娜一起做清洁工作，还要照顾两个弟弟妹妹。我还被派去倒夜壶。我要端着夜壶穿过校园，经过其他孩子，最后把夜壶倒干净。我得偷偷摸摸地等到路上没人了再去，这样就不会遇上同学，他们也就不会看见我端着夜壶。我渐渐觉得，自己像是孩子们里面的败类。

我上学的快乐消失了。继母每天早上都让我干很多活儿。我要整理床铺、擦地、去很远的农场取牛奶，还要跑很远的路回来。她总是能找出更多的事情让我做。结果就是，我每天做完这么多事再去上学就迟到了。可是继母不管，她不让我放学后再把这些事情做完。每次爸爸都会惩罚我、骂我，还把我的座位次序往后调。终于，我坐到了最末的座位上。只有一次，他把戒尺拿了出来惩罚我。他并不知道我为什么会那样，他一直以为自己是对的。最让我伤心难过的是，我是所有兄弟姐妹中唯一没有参加过全班合影的，因为每次班级合影都是在上课第一个小时进行。

到了第二年春天，发生了一些事让我们兄弟姐妹几个觉得更不舒服，尤其是我。我们从来没有听说过那件事，或者说没有做好面对的准备。突然有一天，家里来了一个长着灰白色络腮胡的老头儿。我马上就认出他来，他就是我们上次去霍森斯和继母见面时见到的那个人，继母那时候还在那里当管家。我不想和爸爸讨论这个人，我从来没有对继母或外祖父提过这个人。

他和继母一样，在爸爸和继母结婚前对我们还算和善。过了一段时间后，他就开始对我和约翰娜施以恶言恶行。现在，我们要面对两个敌人。他揶揄我们，嘲笑我们发育不良、衣衫褴褛。他还干扰我们干活儿，有时候踢翻拖地用的水桶，有时候弄脏床单被套，有时候把夜壶尿得漫出来。有时候，他就整天坐在厨房里嚼豆子，嚼完了就往墙角的碗里吐，但是每次都吐不准。

我经常边走边唱着去干活儿，我以为没人听得见。我一开始都会唱上学第一天的早安歌:"五彩缤纷的小花相互簇拥。"我觉得应该没人听见我唱歌,就算是上帝也不会听见的。我发自内心地认为自己身处虚无之中。那个下午,时间就像海面一样无边无垠,我独自歌唱,岁月静好。

可是,那天晚上我们坐在厨房里的时候,外祖父走过来说,他想听听我走路的时候唱了什么。我自然是不愿意唱。他说了好几次我应该唱给他听,我还是不要。于是,他就让约翰娜去洗衣房把缆绳拿过来。当约翰娜拿着缆绳回来的时候,我害怕了。我想唱自己一个人走在仓库后面的时候唱的那首歌。但实际上,我唱的是另一首没什么意义的无聊歌谣:"土豆在地里生长,那里的人们不会说问你妈好,先说问候一个流浪汉,然后是一座城堡,再是一个包着头巾的老头子。"尽管如此,我还是唱了好多遍。我用尽了所有的肺活量来唱,最后外祖父终于离开了厨房。

有一天,外祖父正在刮胡子的时候,我把洗衣服的脸盆掉在地上。他突然就生气了,拿着刮胡刀追着我打。刮胡刀割伤了我的脸,我流血了。他又开始骂骂咧咧,不过我及时逃脱了。我跑到外面,藏在后楼梯下面的柜子里。我们找爸爸诉苦的次数很少,那是其中一次。爸爸去厨房把外祖父骂了一顿。

我们后来也开始嘲笑他,如果他太过分的话,我们就再告诉爸爸。慢慢地,他也就不折腾我们了,我们总算能安宁些了。他越来越内向,去城里找他的朋友,还去拜访一些寡妇和单身女性。

那时候,爸爸同意把花园里的一小块地方交给我,我可以自己决定怎么打理。那块地方是那段时间以来我最大的心愿。我小心翼翼地把草药种子撒在犁好的一排排小土沟里，在我那块地周围围上树枝扎的篱笆。我仔细浇水，享受着劳动果实。有一天早上，我去花园里却发现我的篱笆被扔到了很远的灌木丛里，花园里的地都被踩坏了，我种的草药也都被连根拔起。我伤心得哭了。

到了晚上，我和约翰娜讨论了这件事情。我们一致认为，可能做这件事情的只有两个人，最可能的还是外祖父。我们没告诉爸爸。告诉他，他也只会觉得是我自己对花园的新鲜劲儿过去了。但是不管用什么方法，这事儿必须要讨回一个公道。

我发现外祖父去花园里摘了一袋苹果，第二天他带着那袋苹果去城里找那些寡妇了。第二次，我看见他摘了苹果以后，把袋子放在地下室。晚上睡觉前我溜下去，用生土豆把袋子里的苹果全都换出来，再把袋子重新系好。我想象着，当外祖父打开袋子，把里面的东西拿出来时，那些寡妇拉得长长的脸。我等着接受惩罚，可是外祖父一个字都没提。

六月，继母去了一趟哥本哈根。八天后，她带回来一个名叫玛格纳的小女孩儿。爸爸去诊所接她们俩了。我们得单独和外祖父待着，真让人难过。他没怎么着我的姐妹们。但是他让我在他晚上睡觉前给他暖床。一开始我不愿意，明明是夏天，一点儿也不冷。他一直坚持要我暖床。我提出了一个条件，我只在床上躺十分钟。晚上，我给他暖床快到十分钟的时候，他进屋了，开始脱衣服。他把腰带松开了，把衬衣纽扣解开了。我准备跑出去，但是外祖父把门关上了。他那纽扣洞一般小的眼睛盯着我，扬起嘴角讥笑着，胡子上还沾着晚饭的残渣。他追着我，我跑得比他快，我跑到窗边，把窗户锁扣打开，但是我突然发现他已经在我身后了。他抓住我的肩膀,把我举得高高的,又把我摔到床垫上。我像只小老鼠一样蜷缩起来。

当外祖父这座大肉山压在我身后时,窄窄的小木床吱呀作响。我怕他会把我撞到墙上,但是他躺下就睡了,鼾声震天。我躺在那里听着他的呼噜声。当我确定他睡熟了以后,我小心翼翼地爬过床头,蹑手蹑脚地穿过房间,打开窗户,从窗口跳下,跌到了花园里。我正好跌在一小丛野花里,滑了一跤,一只脚肿了。

继母回家的时候,带了一只锅回来。每天晚上去农场主那里取牛奶成了我的任务,而且要是同一头牛产的奶。回到家里,我要用这只锅煮十瓶牛奶。这些牛奶就是未来一天准备给玛格纳喝的。另外,我每天还要推着玛格纳的婴儿车带她出去散步两个小时。我从父亲那里借来一些《一千零一夜》的小册子。玛格纳一睡着,我就坐在教堂的花园里看书。

伊丽莎白接受坚信礼之后,就去当侍应生了。约翰娜接替了她的工作。我就只能一个人洗衣服,还要一个人照顾三个年幼的弟弟妹妹。继母另外还给我安排了一项新的任务,甚至把我放假的日子都做好了工作计划表。洗衣日的时候,我得把水运到洗衣房,还要洗衣服、晾衣服。冬天的时候,我只能打冷水洗衣服。等到衣服干了,我要爬到教室屋顶上,把晾衣杆收起来,晾衣杆里面塞满了重重的石块。如果要更换晾衣杆,我必须把杆子里面的石头都取出来,还得来回调整很多次。忙完这些,我都累得眼冒金星了。

回忆童年就像跳房子似的。人们在时光中前后穿梭,还会跳过很多章节。我要跳出这些条条框框，稍稍跑个题。丰收假期的时候，我在爸爸的两个表兄弟家里，他们俩都没有结婚。他们有一个帮忙管家的侍女，还有一个卧床八年，几乎疯癫的、病恹恹的母亲。

那里就是我的乐园。我会在地里帮忙干农活儿，可以骑马，晚上还可以把马牵到马厩里。最棒的就是我每天吃到的美食，所有我吃到的东西都太美味了。每天下午，侍女会到地里送点心给我们吃。大家坐在高高的谷堆上面，围成一圈，一起吃着肉片和面包，一边还喝着自家酿的啤酒。

脱粒日是最开心的。在天还蒙蒙亮的清晨去拜访锅炉工，看他们把新的煤炭放进锅炉，打开炉盖，我就能看到里面燃烧着的火焰，这一切就像童话一样。早上六点，我们开始工作了。我的工作就是坐在压草机旁边，把草绑成一捆一捆的，然后这些草垛子会被推走。每次压草机处理一个草垛子，我头上就会飘来一片灰，到了晚上，我的脖子上、鼻子里、眼睛里都是灰尘。但是我觉得坐在脱粒机旁边和大人们一起吃好吃的饭是很神圣的事情。我为自己和成年人一起工作感到自豪和骄傲。

渐渐地，我身上发生了一种微妙的变化。大多数男孩会有那么一段时期，心里出现各种可能实现或很难实现的梦想。而我的梦想，就是要从事农业，就像以前丰收假期的那些日子里，我参加脱粒的劳动，感受到工作的喜悦。约翰娜在秋天的时候参加了坚信礼，之后也出门工作了。继母把伊丽莎白和约翰娜送到了很远的地方去，就是为了不让她们经常回家。我太想念她们了。

我是家里最大的孩子了，要一个人完成所有的家务。

十月的时候，尼古拉出生了，我们又成了五个兄弟姐妹。现在外祖父要开始充当保姆的角色了，他得照顾两个最小的孩子。他接管婴儿车的时间越来越多。我要处理其他事情，已经完全不管照顾孩子的事情了。

那段时间，爸爸的身体不太好，有好几个月他都要去做复健。爸爸回家后，每天都要走路锻炼，他每次都在上学前的早晨去。他要求我陪他一起走，虽然我不想这么早起床，但我还是陪着他去锻炼了。

我们每次往马里博或者纳克斯科沃的方向走，走到一块固定的界碑处就折返，去程两公里，回程再两公里。每次遇到路人，他们都会脱帽致意。爸爸也会很礼貌地摘下帽子回礼，我也是。每天锻炼的路上，我们都要摘戴很多次帽子，因为所有人都认识爸爸。有时候，有的人还会停下来和爸爸聊几句。大家都很尊敬他，无论是农民还是工人，都很喜欢他。

每周日早上我们不在公路上锻炼。因为时间比较充裕，我们会穿过农田，到一片名叫"马匹花园"的树林里走路。爸爸每次都会走同一条路，然后带我去同一棵树下。十八年前，爸爸和我的亲生母亲把他们的名字和当时的日期刻在树干上，那些印记直到今天还能看见。我们兄弟姐妹每次来马匹花园玩的时候，总会到这棵树边来看一看。

这么多年，这棵树始终在这儿，好像是在照顾我们。它永远站在我们一边，帮我们抵挡来自继母的狂风暴雨般的对待。继母总是令人恐惧，又很急躁。她总是在指责我们，总是在发脾气。到最后，我们都讨厌她，只能尽量避免出现在她面前。

爸爸和继母的性格正相反，他内敛、温和。大多数时候，爸爸都在家里，如果我们觉得害怕了，就会去爸爸的办公室找他。我们什么都不必说，只要坐在他身边就觉得心安了，爸爸继续处理学校的工作。

继母的表现有点两面派，但爸爸很少看到她不好的那一面。每当爸爸在场的时候，她和我们说话的态度就大不一样。有时候，他们会和朋友约着一起带孩子出去，那时候继母对我就完全是另一副面孔。在外面，她优雅、温柔、开朗，总是面带笑容。外人很难相信她在家里是什么样。这绝对是她拥有的某种特殊能力。每当她和爸爸接到坚信礼、婚礼或者是庆生会的邀请时，她总能很快创作出一首非常贴切的歌曲，比其他人定制的或自创的歌曲都要好。在宴会结束前，大家经常会要求再唱一次她创作的歌曲。她不当诗人真是可惜了。

我觉得自己正置身于童年的奇幻世界之中。最让我惊讶的可能是，在关于家乡、父亲、兄弟姐妹和朋友们的回忆中，我印象中的童年世界充满了各种各样的美好。那时的夏日阳光洋洋洒洒地投射在草地上，高高的核桃树静静地站在花园里，百米多高的教堂钟楼矗立着，静观日出日落。我们在教室里就可以看到教堂的大钟。教堂的钟楼顶上有一个大桶，可以装下十二个普通桶的水，还有一个公鸡形状的风向标。

生活中当然还有一些别的乐趣。我经常和我最好的朋友埃尔弗雷德，还有他的大哥一起去马匹花园后面的农场玩。我们在外面玩累了，就会到屋里打牌，我们总是打惠斯特。有时候我们会找到埃尔弗雷德的父亲，向他借木烟斗，然后往里塞粗烟斗丝。就这样，我们一边打牌，一边抽着烟斗，直到很晚很晚。

日复一日，岁月更迭。几年后，我离开了家乡。我们几个年长的兄弟姐妹都去了离家很远的地方工作。最小的英格尔和威廉留在家里，做我们以前做的那些家务，我们也不能再保护他们了。自从继母亲生的两个孩子出世后，她对我们这些不是亲生的孩子越来越严苛。

英格尔站在炉子旁边，汗水从她的脸颊滴下来。她还不到九岁，但是已经像一个成年女性一样承担做饭的家务。爸爸和继母快要从教堂回来了，她必须把午饭都准备妥当。鸡肉还差一点，继母要求把鸡腿肉拆下来。英格尔把煮过土豆的水都倒了，把大锅子放在水池里。她开始削土豆皮，土豆太烫手了，她根本握不住。可她只是咬牙承受着。继母不喜欢温吞的食物。

英格尔望着天花板，小声念着我的名字。啊，这大大的屋子多么暗淡，多么令人沮丧啊，好像窗外那温暖的阳光再也照不进来一样。爸爸和继母已经从教堂回来了。英格尔呼唤着威廉，威廉正在照顾两个小的，不让他们接近危险的锅炉。威廉八岁了，但是他很难搞定两个不受控制的弟弟妹妹。英格尔又喊了一声威廉，让他过来帮忙把食物都端到桌子上去，她自己已经把桌子按四人座布置好了。她听到父母已经在门厅了。可是，威廉还没来。英格尔只能端着沉沉的鸡肉从厨房走到餐厅。她用尽全身的力气，但还是抖个不停，因为她总是特别害怕把菜打翻到地上。继母走进来，在餐桌旁坐下。她问了问两个孩子的情况。英格尔说威廉在陪他们，说完立刻就跑到花园里。威廉正绕着高大的栗子树追得气喘吁吁，根本就抓不住两个孩子，他俩一个六岁、一个四岁。最后，英格尔和威廉合力把两个孩子抓进厨房。

英格尔倒好酱汁，把酱汁壶端到餐厅，然后去取土豆和黄瓜沙拉。父亲和继母铺好了餐巾等着她。英格尔没法解释她端菜慢是因为两个弟弟妹妹不乖，因为继母根本不愿意听到有人说她的心肝宝贝不好。威廉带着两个气呼呼的同父异母的弟弟妹妹进来了，他把那俩塞进椅子，穿上围兜，然后就跑回了厨房，差点儿在地毯上滑一跤。

继母在餐厅里喊道，酱汁凉了，需要加热一下。英格尔马上去把酱汁壶拿过来。她偷偷看了眼鸡肉，爸爸已经把鸡肉分成了四份，两只鸡腿给了两个小孩。她把鸡肉酱汁倒回锅里，没一会儿就煮开了。鸡肉的香气弥漫在她的鼻腔里，引得她饥肠辘辘，肚子咕咕作响。她端着热腾腾的酱汁回到餐厅，两个弟弟妹妹正在啃着手里的鸡腿。继母想让孩子吃点绵软的鸡肉酱汁土豆泥，但是他们的嘴巴已经被鸡肉塞满了。英格尔在一旁垂涎。

"你站在这儿看什么？"继母说。英格尔回过神来，直了直腰，踱着步走回了厨房，她已经在门厅的镜子前练习过这样的走路姿势了。

父亲和继母吃完午饭，把餐巾用刻着自己名字的餐巾环箍好了放着。英格尔开始收拾桌子。当她收起父亲的餐碟时，父亲轻轻地拍了拍她的手，嗫嚅着说："谢谢你做的饭菜。"继母也说了谢谢。他们起身去起居室了，那里已经准备好了餐后咖啡。

英格尔把他们吃剩下的鸡腿和鸡骨架放在厨房的桌子上。她和威廉一起分着吃，除了吃剩的鸡腿和鸡骨架，还有土豆。英格尔把凉了的酱汁和土豆泥都倒出来。他们俩站着吃完了，一句话都没有说，把所有的骨头都啃得干干净净。

他们要开始洗碗了。威廉从水龙头里接了水。他们先在炉子上用水壶把水烧开。英格尔负责清洗，威廉负责擦干。洗完了碗，他们整个下午都得陪两个弟弟妹妹玩。因为弟弟妹妹已经大了，不会整个下午都午睡的。英格尔的双腿在颤抖，她紧紧地抓着威廉的手。威廉是个好帮手，也很善于安慰人，但是他还太小了。每次两个弟弟妹妹不上学在家的时候，继母一到厨房里来，他都害怕得躲起来。英格尔最喜欢上学的时候，那时她可以坐在教室里想着爸爸在办公室给他们读童话书，给他们弹奏赞美诗，他们边唱边跳。那个爸爸已经不在了。现在的爸爸已经不再是英格尔小时候那个样子。继母的出现改变了他，他现在也是左右为难。

❦ 失去 ❧

　　他有不速之客来访。他不记得那些人是怎么进来的,也不记得他们进来之前有没有敲过门。他有记忆的时候他们已经在那儿了,已经把他围住了。他坐在桌子的尽头,院长坐在桌子的一侧,和她一起进来的男人坐在另一侧。他有点像乌夫,但又不是乌夫。那个男人从他的文件夹里拿出一些文件。他看上去比较和气,还有点紧张。他掉了一个文件夹在地上,收拾了很久才把东西都整理好。最后他终于坐回到位子上,低头看了看那些文件,又抬起头看着卡尔。

　　"我们是来测试一下你的大体情况,以便能够更好地开始……帮助你。"他有点磕巴,随后就请卡尔自报姓名,问他有没有违法乱纪。他努力地回忆,仔细回想过去的时光。可是,当男人重复这个问题的时候,他还是没有反应。他是忘了自我介绍吗?还是他没有听清楚问题?他又被罚了一次不公正的留堂吗?

　　"卡尔。"他说着收起了桌子下的双脚。

　　"贵姓?"

　　"S……C.S.。"

　　"是的,这是你的姓名首字母。"

　　"想不起来了。"

"索伦森。好的。"言语治疗师看着自己的双手，清了清嗓子。

"这要花多少钱？"卡尔问道，他想在自己置身的这个难以理解的状况中找到一个切入点。

"这是免费的。"治疗师笑着说。卡尔努力配合着，他想给这个外国人留下一个好印象，在新的集体里表现出自己好的一面，表现得开朗友好。如果在生存训练课程中发生紧急情况需要他来处理，那么他就需要这个人的帮助。

他又不能确定了，虽然看上去不太像，可是坐在他对面的真的不是乌夫吗？他是不是为了迷惑敌人换了一副打扮？

"我们可以继续吗？"男人打断了他的思绪。

"可以。"卡尔看了看屋子里面，心想，难道这是未来的教室吗？

"你知道今天是星期几吗？"

"每天都是一样的。"

"要不你试着猜一下？"这位穿着衬衣的灰发男子友好地问道。

"星期三？"

"差不多，今天是星期四。"

"听力没问题。"卡尔说。

"我们继续。"治疗师说。有院长坐在旁边，卡尔觉得不舒服。他感觉，她在这里自己发挥不好。他乞求地看向治疗师。

"那个她。"他转过去，指着院长。

"索伦森，我在这里就是为了帮你。"她平静地坐着说道。卡尔觉得，她在场就好像如芒在背，让自己如坐针毡。

他站起身，走到治疗师身边，指着床边的扶手椅。

"你……去那边。"卡尔坚定地说，朝院长点了点头。她按照他的要求换了个位置。

"你说了算。"她说。治疗师心照不宣地点了点头。他越发觉得治疗师像乌夫了。乌夫是个好孩子。想到这里，卡尔不自觉地露出了笑容。

"谁是咱们这儿的负责人？"

"一个女的。"

"对。你想得起来她叫什么吗？"

"玛塔。"

"确实也是玛字开头的名字……玛……"

"玛塔。"

"他已逝的夫人叫玛塔。"院长解释道。

"你差不多说对了，是玛格丽特。"治疗师有点兴奋了，身子往前靠了靠。

"胡说八道。"卡尔心不在焉地说。

"这么谈论女王可不好哟。"治疗师开玩笑道。卡尔会错了意，立刻起身行礼。

"住嘴。"他说。他可受不了被一个陌生人指摘。

"没什么好害怕的。"治疗师平静地说道，又让他坐回去。

"你叫什么名字？"卡尔问。

"伊萨克森。"

"伊萨克森。"卡尔感觉自在了些。

"你要喝点咖啡吗？"伊萨克森拿起桌上的暖壶，没等卡尔回答就给他倒上了。

"牛奶和糖要吗？"

"谢谢。"卡尔点了点头，他又重拾了自信。以前能够收到去市中心享用下午茶的邀请,被年轻人追捧的感觉还是很好的。他年轻时是球队俱乐部的出纳,有很多年轻的朋友。他们总是会在周日下午一起带着咖啡和啤酒来听古纳·汉森解说的国家队比赛。

如果他的语言能力保留得更好的话,他会问问,伊萨克森喜不喜欢足球。足球在高端人群里变得越来越热门了,伊萨克森应该属于那个阶层,而他已经不是了。他会慢慢观察出来,伊萨克森是个什么样的人。如果院长不阻止,并且他也不设置什么障碍,那么伊萨克森就有可能告诉他,如何从这里出去,并且给他指明去往墓园的路。

"玛塔。"他轻叹了一句。

"玛格丽特。"院长纠正了他,她使得周围纯白的一切越来越黯淡无聊。她是童话故事里的那个坏女人吗?他渐渐感到了恐惧,就像小时候一样的感觉。难道他进入了循环,又回到了童年吗?他不是才刚刚摆脱童年的阴影,从家里逃出来工作吗?那空荡荡、四方方的屋子开始围绕着他旋转起来,他失去了重心,也弄不清自己是谁。

"你觉得不舒服吗?"伊萨克森一边问,一边递给他一张纸巾。他擦了擦脸上的汗。

"我想回家。"他把纸巾攥在手里,用抱怨的语气说道。

"其实时间过去了没多久。"伊萨克森关心地说。

"爸爸。"卡尔说。

"我们现在可以继续吗?"伊萨克森小心翼翼地问。卡尔皱起了眉头。

"是算术课,还是拼写课?"

"你还记得自己几岁了吗?"伊萨克森的声音让他安静下来。他很想认真回答问题,但是脑子一片空白。

"你是哪一年出生的?你还记得吗?"

"1900……1800。"

"1900年前,还是1900年后?"伊萨克森接着问。

"不对,不对。"

"你想知道吗?"

"不需要。"卡尔很难过,因为他让伊萨克森失望了,他没有完成伊萨克森的要求,伊萨克森是一个好老师。对于一个孩子而言,这是一个沉重的心理负担。

"现在我们要看一些卡片。"伊萨克森说道。卡尔盯着那些放在他前面的卡片看了起来。

"钟表。"卡尔说。

"对。"伊萨克森笑着说道,边说边在他的表格上打了个勾。

"准备好再看一张了吗?"伊萨克森看了看手表,指着一张有冰激凌的卡片说道。这张卡片再简单不过了。

"这张卡片画了些什么呀?"他给卡尔展示了一幅画,画上有一个男孩儿,蜷坐在帐篷外的一个火堆旁,手里拿着一根香肠。卡尔摇了摇头,他知道自己答不上来。

"你已经做得很好了。"伊萨克森安慰他说。

"男孩……"他说着又摇了摇头,他实在是找不到感觉,答不出来。

"我们就是想看看,可以怎么样帮助你。"伊萨克森补充道,说着拍了拍他的手。他什么也感觉不到,就好像他死了一样,又好像他越缩越小,成了一个小小黑黑的圆点。眼泪从毫无血色的双颊渐渐流下。他明明还是那个他,但是又好像挨过打似的。

"我们今天就先到这儿吧。"伊萨克森把他的文件放进文件夹。

"你一定觉得今天很糟糕。"院长从扶手椅上站起来。卡尔觉得身上的束缚放松了，呼吸都感觉更自由了。院长看起来不太高兴。难道是他做错了什么？他记得她打过自己一记耳光，然后他就撞到了正在加温的烤箱上，被烫伤了。但这是很久以前的事情了，都已经过去了。

"生气了？"他问。

"没有，我为什么要生气呢？"她用一种不带情感的音调回答。

"你……没有？"他很惊讶，感觉进入了一个魔法世界，一切都不是应该发生的那样。他觉得头晕目眩，紧紧抓着桌角。他所知道的就只有他坐在一个桌子旁的一张椅子上，除此以外，他一无所知。在这一切的无尽中，他感觉到有人在晃他的肩膀。

"我们改天再来一次。"伊萨克森用胳膊夹着文件夹。卡尔站起身来，想把他送到门口，但是他发现这个房间都上下颠倒了。

"下次会更好的。"伊萨克森满怀信心地说。卡尔的注意力更多在思考，要多少马力才能够把这么重的房子旋转180度，他们又是用了什么样的器械。他向来都对创新有一种很强烈的信仰。新的发明创造和技术变革刺激着他的好奇心，印证着他对人类能力的自豪和骄傲。他是城里第一个拥有电视机的，第一个买了按键电话机的，这个电话机是他从斯莱厄尔瑟一路带回来的。小贝尔特桥和大贝尔特桥竣工的时候他都去了现场，还拍照留念。他是一个与时俱进的人，喜欢一切都是鲜活的。他不想被时代抛在死气沉沉的房间里，对着死气沉沉的物件，看着阳光投进走廊的光影闪烁移动。

"你去散散步吧，这对你的腿脚有好处。"院长向他建议。卡尔站在门口，看着他们一起穿过走廊，像极了一对父母。他不愿再回到童年了，不要再当那个小孩了。他远远地跟着他们，脚步缓慢而沉重。

一走进大厅，他就认出了周围环境。稀疏的树影洒在低矮的扶手椅上，漫步在葱郁的棕榈树之间，看上去和那些老年人一样。他不怕他们，在救济站时他们就认识了。救济站就在学校和教堂中间。在大厅的尽头，有两位老妇人住在一个房间里，共用一个厨房。厨房的门框已经有点倾斜，门也关不紧了，厨房里只能放得下一个炉子。她们住的房间就是一个卧室，窗外是墓园，只有举行葬礼时，墓园才有点人气。他喜欢拜访这几位老妇人。她们很喜欢听城里的新闻，有时候还会请他吃点牛奶鸡蛋饼，再来一杯烧酒。

正门一打开，一群医疗生就蜂拥而入。那嘈杂骚乱的场面就像在火车站一样，好像一切都可能发生，凡事皆有可能。他逃跑的本能又萌发了。他在年轻的人群里使劲往前挤，朝着出口的方向走去。就在最后一个人走进来的时候，他刚好成功溜出了大门。

他站在那儿，背对着玻璃大门，望着洒满阳光的小路。路的两边是灌木丛，和他自己家的一样修剪有型。当他拿起修枝剪的时候，一股子园艺创作的冲动油然而生。他曾把上帝当作一种可能、一种机会。当然，上帝也许还是多少有点影响力的，还是有机会的。那些好的事情都来自上帝。那些好日子都是上帝在的日子。然而，当那些糟糕的日子无法彰显上帝的存在时，怀疑就开始占据了上风。怀疑就是撒旦的化身，这里的"撒旦"可不是一句单纯的脏话。

他的注意力被一台电动除草机的声音吸引了。他完全是自动朝着那声音的方向走去，迎面扑来刚刚修剪过的草地的清香。他的左手边是金叶女贞，那些深绿色的树叶正渐渐变红、变黄，然后就要凋谢了。落叶铺在地上，仿佛是一张稀疏的椰棕织毯。花园的门自动打开，如同欢迎一个期待已久的亲爱的客人一般。

他走进一座美轮美奂的花园，和他在园艺师宣传册里看到的照片一模一样。市政新规划的马路刚好从这座房子旁边经过。他还留下了一个小树桩。他想，既然那一小块地方是市政同意使用的，那应该可以再充分挖掘一下可利用价值。可以请一位对园艺比较精通的人士来看看如何利用，这也能体现对市政财产免费出借的重视。市政秘书对他说："只要你还在世，这块地方你可以一直使用。"于是，他就开始学习园艺方面的书籍和手册，很快开始精通园艺知识，并从此长期从事园艺工作。从他开始拥有这一小块公家地方起，他就开始精心策划。这条新马路旁边不应该种蔬菜或是土豆，厨房花园一般应该在房子的后花园里。他想种一个景观花园，这样的话，有车经过时，驾驶员就能欣赏到美丽的景色了。

他系统性地开始这项创作。他从销售目录中订购了花种、多年宿根花卉、造型精巧的小株松树；认真测量，按照园艺学校的推荐距离播种；铺了S形草坪，还在草坪周围的角落种上竹子。等这一切都布置妥当，他拿着手册仔细对照，确保花园的样子和照片上一致。花园里的植被逐渐生长、茂盛，变得比照片上更美了。花园里一丁点儿杂草都没有。他就像照顾自己的孩子一样打理这个花园。

这个花园的设计不是以沉浸式漫步为宗旨，而是以展示为目的。他把那个白色的装饰用长椅命名为"玛塔的长椅"。这个花园的形状是三角形，有三个圆角，位于一个丁字路口。这就是为什么它会成为一个艺术展示地带而不是一个开放游览的地方的原因。汽车经过这里去卡伦堡，乘客指着这个花园，互相点头微笑的时候，他耗费的那么多心力都得到了极大的回报。花园里的多年宿根花卉、玫瑰、蝴蝶兰和腊肠树就是他留给这个世界的遗产。这是他自年少时起所一直向往农业图景的迷你版。

他走入花园，沿着花园里面的小路走着，旁边还有天使。他的眼里只看到那台留在草坪上的电动除草机。他自己有一台手动除草机，一直希望有一台带马达的电动除草机，但是这个愿望一直没有实现。花园边上的草已经被修剪过几圈了。人们修剪草坪的方式不同，有的是一排一排修剪，有的是绕圈式修剪，他自己用的是前一种修剪方式。

阳光下的除草机锃亮锃亮的，黄黑相间，强烈吸引了他的注意。他穿过草坪，超过那个天使。他现在是在主场了。他站在除草机旁边，深呼吸，轻轻地握住除草机的把手，就好似那个把手是易碎的陶瓷一般。虽然他自己从来没拥有过一台电动除草机，但是他对于如何使用电动除草机了然于胸。他在机器右侧找到了黄色的硬壳开关。他用力启动机器，期待着。机器没动静。他又试了一次，这次更加用力。除草机只是轻轻地响了一下。他停下来，看了看花园里周围的情况。他充满信心地看着花园里的菊花和黄色雏菊。他来到的是天堂的花园，这里的动物永远都成双成对出现。

他又把注意力集中到除草机上，肚子因为紧张有点疼。他开始拉启动机器的绳索，一次比一次速度快。这一次，除草机发出像动物一样的嘶嘶声。他一边拍着黄色的金属按钮，一边温和地念念有词。他又拉了一次绳索，感觉自己已经置身于一种可以称为"幸福"的状态里了。晴朗的秋日暖阳照得他的后背暖暖的，腰疼也缓解了一些。清新干净的空气让他觉得呼吸都轻松了些。他直了直腰，长舒一口气。他拥有最多的就是时间了，说他拥有"永远"都不为过。他抓紧绳子，用力一拉，差点儿朝后摔倒。除草机终于发动了。他握着手柄，自如地控制着方向，在草坪上稳稳地前进。身着花纹衬衫、棕色长裤，系着皮带，他仿佛化身为"那些美好的旧时光"。

他的胳膊感受着机器的震动，仿佛身体里被注入了新的生命、新的动力。这项工作就像一场有趣的游戏。他只要跟着机器的节奏就好了。他驾驶着除草机，就像以前的人骑着马。他尽量沿着长长的、直直的线开，这样的话，没有修剪到的草坪上就不会留下修剪下来的青草屑。掌控一台机器是一件很有成就感的事情，这使得"老百姓"（他喜欢这样自诩）的工作轻松不少。他开始跟随着悦耳的发动机轰鸣声哼起歌儿来，同时计划着要在自己家的花园里也弄上这么一台除草机。

周围突然鸦雀无声，除草机也停了，发动机也静止了。他失落地盯着除草机。这片寂静就像一张沉重的棉被压在花园上空。他开始出汗了。难道他把除草机弄坏了？他会被解雇吗？他会被除名吗？他惴惴不安地望着那幢红砖别墅，别墅的窗户反射着阳光，闪闪亮亮的，仿佛在欢迎他。那窗户就像弟媳的脸庞诱惑着他，她曾经引得他那摇摆的心绪堕入不幸。

他对那些邪恶的窗户产生了恐惧，想从花园里逃跑，去寻找他的守护天使。与此同时，一个男人从开着的顶楼窗户里侧出身来，朝他大声地发出命令。他循着声音走到草坪上。不过几秒之后，那个男人从别墅里跑出来，后面还跟着一只凶神恶煞的腊肠狗。先是阳光变暗了，之后就一片漆黑了。他感觉到天使的胳膊搭在自己的肩膀上，慢慢睁开了眼睛。

"还好我看见了你。"养老院的领导说。那个男人穿着深蓝色的慢跑服和白色的耐克鞋，很生气地朝他们吼着些什么话，他的狗也吠得更加狂躁。院长为这次非法的擅闯私宅向他表示歉意。那人终于来到了他们跟前。

"你们要把他们关好了。这已经是本周第三次发生同样的事情了。上一次有个人只穿了上衣和拖鞋。他们不能就这么在附近随便跑来跑去。市政当时承诺过，养老院不会给附近的居民造成困扰。要是再发生这样的事情，那我就要报警了。"

"他们不会伤到人的。"养老院的领导委屈地帮老人们说话。

"他们是不会伤害别人，但是也他妈不会有什么好处吧。"那人说着就转身走了。他走进那幢别墅，那只叫唤的狗也跟着他回去了。

"走，咱们回去吧。"院长拉着他的手，带他离开。经历了情绪上的起起伏伏和陌生的环境，他觉得累了，离开这里可以让他离开外面这个他不再熟悉的世界。

他坐在床上，准备躺下休息。他实在太累了，感觉全身的骨头都在疼。他觉得自己置身于一种透明的空虚之中，置身于一个永恒的当下，没有过去，也没有未来。所有的一切就像是一个谎言、一个假象，都是为了揶揄那些愚笨的老家伙和他们幼稚的想法。他的暴怒、倔强以及面对禁闭的努力，都是他对人生沉沦的反抗。他不想变成"他们"希望他成为的那个负累，变得支离破碎、疲惫不堪、毫无价值。

他走神儿了，都忘记了自己为什么坐在床上。他看见自己的房门还开着，想起身去关门，却发现腿脚动弹不了了。他身体往前倾，努力尝试着把脚往地上挪。地面就像波浪一样摇来晃去。他想要扶着床头，用胳膊的力量慢慢起来。只是双腿越来越不行了，双腿是他最弱的地方。他知道一会儿就会过去的，但是他没有耐心去等待了。他坐在里面，大门敞开着。这是一种羞辱，因为这样别人就都知道他被关在这里了。一旦把门关上，那么这个房间就是单独属于他的领地，四面墙是他的庇护，在这里他可以做自己。他对外界为数不多的需求只有打扫清洁、食物和换洗衣物。其他的，他都可以自理。

外面有人。一个透明的人影站在他的房门口。到处都有人影飘来飘去，这当然不是现实。其中一个身影今天穿的是一条蓝色的真丝连衣裙，缀有鲜花和枝叶的图案。她略微有点驼背，靠在门框上。她没有穿鞋，就穿着袜子站在地上。之前，她也来过这里。不过，他把她扔了出去。没想到她又来了。这难道是爱情？她永远都是那么明艳照人，一头长发松松地挽在脖颈，些许碎发，脸上扑着白白的粉。她亮红色的唇膏有一点蹭到了脸颊上。这是一个城市女孩。玛塔和她截然相反，玛塔是农村姑娘，一辈子都没用过口红。

经过一整天的辛苦后，他想一个人待着，他的身体也已经累得受不了了。她本应该明白自己造成的尴尬，她打扰了他午休。他鼓足力气，想站起来。在她靠近之前，他本可以让她离开的。他感受到了她空洞的眼神，一种要将他吸进虚无中的眼神，正如死去的人通过深邃的瞳孔吸引活着的人。她如此安静地站立着，似乎所有生机和活力都已经离开了她的躯体。她像一只小鸟，被握在他温暖的手中，心脏害怕得怦怦跳。有一只白色的小鸟落在玛塔的墓碑上，他只在刻碑人的展览上买墓碑的时候见过这只鸟，葬礼之后就没见过了。

　　他回想着玛塔的葬礼和她的棺椁。她被埋葬在那个黑黢黢的洞里，被泥土和鲜花掩埋着。彼时，所有的生命都终止了，地球停止了公转。正当他沉浸在自己的思绪中时，那个透明的城市女孩越过过门石，进来了一些。

　　现在，玛塔从冰冷的墓穴里站起来，她穿着一身精致的连衣裙站在那里。既然他不能去找她，那就玛塔来找他吧，这是如此简单。家里遇到大事的时候，玛塔总是做决定的那个人。然而，他决定的都是生活琐事，包括什么时候该安装燃油锅炉，什么时候把几个房间合并起来，什么时候必须粉刷、贴墙纸，等等。玛塔不喜欢改变，如果都交给她来决定，那他们的洗手间应该还是老式"茅房"。她不在乎那些物质的东西，她重视精神层面多于身体层面。对于大部分为人妻者而言，多年生活中即便是最好的时候也有过艰难，对她来说却像年轻女子那样轻松。在去世前的那几年里，她已经像一只虚脱的灰色麻雀一般皮包骨头，只剩下了吃饭和睡觉，感觉随时就可能在他手里支离破碎。

　　现在，她又做了一个重大决定，那就是从坟墓的另一边，走过那么长的路，来探望禁闭中的他。他起身去迎接她，摇摇晃晃地走到门口。他的嘴唇在动，但是一个字也说不出来。就像平时一样，她置身于自己的世界，漫不经心地冲着他点头。她应该需要一些时间，来适应人世间的节奏。他牵着她的手，带她坐到扶手椅上。在卡伦堡医院时，她就是这样，只要醒着的时候就坐在扶手椅上吸氧。

"是你吗？"他说。她点了点头，没看他。她在地下躺了那么久，变得那么安静。他走到床头柜边上，从盒子里取出一块巧克力，想要像平时那样放进她的嘴里。可是，她却转过头去，闭紧了双唇。她可能到现在还没有认出他来。

"卡尔。"他指着自己说道。他想摸一摸她放在大腿上的手，那双少女般的手。她又一次把手抽了回去，还是不愿意和他亲近。他们年轻的时候和现在的情况正好相反。那时候示好的是她，而不愿接受的是他。当时的他并没有意识到她的可贵。只是此刻，她坐在他的房间里，光彩照人，看着就是一种美的享受。

"玛塔？"他惊讶地说。她没有回应。也许她在地下不需要用听力，就聋了。他太想牵她的手了，但是他不敢再试了。她表现得很陌生，她现在更像那些城市女孩中的一个，是他不敢接近的。他坐在桌子旁的一张椅子上，观察着她。那种感觉，就像她彻底变了一个人，完全不认识他了。然而，她依然那样美丽、可爱。他清了清嗓子。他觉得嘴巴干。他愿意做任何事情来改善目前的情况，找回那些说不出口的话语……他坐在桌子的一端，莫名其妙地离他亲爱的玛塔和小玛塔十岁的妹妹很远。他已经不能说话了，就在这昏暗的餐厅里等待着最后的决定。她们姐妹俩坐在桌旗的两端，铺在长长的餐桌上的桌旗像一条乳白色的缎带连接着姐妹二人。在这个宽大冰冷的房间里，她们俩坐在直直的椅子上，彼此完全独立。这个房间只有在节庆时才会使用，也因此显示了这个场合的重要性。

　　他在长久的静默中等待着，基本上和一次祷告的时间差不多长，他们每个人都在探寻自己的内心。终于，玛塔说，他们会像对待自己的孩子一样照顾那个孩子。除了同意，他别无选择。明明那就是他的孩子，玛塔却说成了"就当是他们自己的"孩子。妹妹小心翼翼地对姐姐笑着，用手绢拭干眼泪。他们一致同意，不再更多讨论"那件事"，发生的已经发生了，也不会再改变了。一切都遵循上帝的旨意，他自己没有任何想法。然后，他们由玛塔主导，开始策划掩盖真相的说法：

　　在一个阳光灿烂的夏季周日，他拜倒在了小姨子清纯青春的石榴裙下。她吸引着他，慰藉了他童年时母爱的缺失。她的开朗和迷人的柔弱让他想起了英格尔，他在学校时就一直保护英格尔免遭继母的虐待。小姨子是兄弟姐妹中的老幺，玛塔是大姐，一直承担着母亲的角色。随着妈妈的身体健康越来越差，照顾最小的妹妹就自然而然成了这对年轻夫妇的职责。

　　他在两姐妹之间游刃有余，因为照顾小姨子的便利，他的机会也越来越多。很快，这个不爱运动的小姨子开始抱怨，想每天跟着他散步。她一直抱怨，一直抱怨，直到他同意为止。他不甚情愿地带她出门，离开商店。商店的工作本来是玛塔安排好的。首先，总要避免窘迫的条件，不能像那对"借住的"饲养员一样，在日德兰半岛大农场的潮湿破败的饲料房里艰难度日。每天下午，玛塔同意他自己去散步,这算是满足他的一个愿望。没多久,她就意识到,阻止他做自己想做的事情是徒劳的,他也不会管别人的眼光和想法,去做所谓与自己"相称的"事情。

他和小姨子绕着这座城市徒步。一路上,他会讲述自己在学校的青葱时光,讲述收获时节的那些日子,还有每天清晨把十七匹马牵到地里,戴上农具,让它们犁地。他还讲到秋天的时候,学生们要背着一百多公斤的玉米爬到谷仓上,有时候一天甚至要去两次。如果按照他在克拉特农庄任管理职位计算,他已经在七个农场工作过了。克拉特农庄在哥本哈根北部。在那里除了在田里工作的马匹,他还要照顾赛马。那是两匹血统名贵的赛马,在科朗彭堡的赛马比赛上负有盛名。

小姨子喜欢听他讲以前的故事,想象着当时的他正是在自己这个年龄段的年轻小伙子。那个时候,他才三十来岁,也是像现在这样,有点病恹恹的。玛塔对他们俩之间的夫妻关系非常有信心,也很愿意在他下午出门的时候陪伴公婆。她会自己在家里待着,照顾店里的生意,填补他的空缺。

小姨子的坚信礼结束后,散步锻炼的行程就不再继续了,他们全家人欢聚一堂庆祝小姨子完成坚信礼。她在附近的城市找到了工作,每隔一周回家一次。每次小姨子回来的时候,她的笑声在整个屋子里回荡,家里的气氛也因此活跃起来。玛塔是忧郁多思的,而她是清新活泼的,一头短发,就像报刊上的奥运会明星。

他开始察觉到,小姨子已经长成一位亭亭玉立的女士了。姐妹俩总是有聊不完的话题,他却插不上嘴。她们俩总在周日手挽着手去森林里散步,而他却被排除在一条无形的鸿沟之外。是玛塔第一个知道了小姨子的悲惨遭遇，当时，小姨子趴在她的肩上放声大哭。

他们决定，小姨子在显怀之前要继续正常工作。玛塔会带她去南日德兰半岛，花上一笔不菲的费用，把她安置在一个专门给未婚先孕女性接生的私立诊所。然后，玛塔就要假借回弗雷泽雷西亚去照顾病中母亲之名，在那里一直待到小姨子生产。玛塔会去诊所陪着小姨子，帮助她度过分娩这段时间。

等孩子出世，玛塔会带着孩子回家，就当是她自己生的。小姨子就当照顾孩子的人，在家里帮忙。等哺乳期结束后，她就不能再和他们住在一起了，但是可以找一个附近的工作，这样她就可以在休息天和节假日过来看看。

他们从餐桌旁站起身来，已经结成了一个牢不可破的联盟。玛塔的计划让小姨子不必将自己的孩子交给陌生人领养，也让他们的婚姻关系如他们一直希望的那样，因为一个孩子更加紧密。这个计划同时也拯救了她对自己最亲的两个人的爱。他们以星期天的一次哥本哈根之旅来庆祝这个完美的计划，那天，他们去了动物园和趣伏里游乐园，在一个高档餐厅享用了一顿三道菜的大餐。

对于这两姐妹，他是有沉重的负罪感的。他是多么希望能让她俩都开心幸福，可是到最后却让她们都难过悲伤。"那些我想做好的事，我没有做；可是那些我不想做的坏事，我却做了。"每当他想起玛塔大度的计划，他总是为她的行动力和大度的原谅所惊诧，只能为自己做出以上无力的辩解。他从来没有感觉到玛塔有任何怒气或是嫉妒，包括在她们两姐妹之间也没有，最多就是她对于被背叛、还要帮助掩饰私生子的事情有一些不舒服的感觉。

玛塔唯一的条件是：绝对不能提及任何关于他和小姨子之间的事情，或是说这个孩子是他们俩的事情。在他们内部讨论时，玛塔始终坚持说，这个孩子是小姨子一个人的，是上帝带给了她这个孩子。对外，这是玛塔的孩子，当然也是他的孩子。若干年过去了，他几乎慢慢忘却了以前的事情，取而代之的是玛塔的母爱和他们一起共度岁月的双向奔赴。他的健康日渐式微，剩下的只有身体的病痛，以及造成的强烈情绪变化。

他们共同的秘密被保护得太好了，以至于家里、小城里没有一个人怀疑过，艾伦不是他和玛塔的孩子。确切地说，艾伦不是玛塔的孩子。那自然也不是他的孩子。他有一个孩子，却不是和玛塔生的，这太令人难以置信了。毕竟他们长得那么像。而玛塔始终坚持，从来不在三个大人之间提及艾伦的身世。

天使

艾伦下了火车,走到湿漉漉的月台上。天上的云像一个蓝色的盖子一样,悬在她头顶上方。她独自一人站在火车站的沥青地面上。在一个没落的交通枢纽城市,这一切显得太大、太宏伟,正是因为铁路从城中间把这个小城市一分为二,所以这里的社会发展日渐走向衰落。"手术成功了,但是病人死了。"她虽然还有点宿醉的晕乎,但心里还是这么想着。

她是直接从一个晚宴上过来的,身着一套隆重的礼服,她外穿了一件有点皱的棉外套,想把礼服裹住。一个平价超市的购物袋就是她的旅行包。她的脚很疼,但是穿着一双尖头高跟鞋看上去很优雅,细细的鞋带缠绕着她的脚踝和脚背。每走一步,脚上的疼痛会一直延伸到脖子。这一天实在是太糟糕了。但是无论如何,现在这样都好过在这样阴郁的一天干躺在家里的床上。

这并不是她自己的意愿使然,而是为了已逝的母亲和在养老院的父亲。父母是她飘摇人生的坚定支柱。她对父母的印象一直伴随着她,父母是她的榜样。母亲去世不到一年。父亲在养老院里住着,已经像进了坟墓。

她不能抱怨别人,这是她自己的错,是她让这一切发生的。她把一切都交给了比自己小七岁的弟弟决定。他接管了他们小时候住的家，还有附属的商店，他扩建修缮了商店。她对乌夫是心存感激的，因为他愿意搬回家乡，继续经营父亲的商店。于她而言，存在的障碍不仅是地理上的距离，还有她压抑的生活也阻碍了她照顾父母。因为母亲的葬礼，她曾经和父亲同住过几日。她也曾闪过这样的念头，是不是可以成为这个房子的女主人呢？为什么不呢？如果她和父亲结婚，就可以结束长期的单身生活，享受日常的夫妻生活。除了婚姻，她已经尝试了所有的办法。简而言之，她唯一缺少经验的方面就是：男人。

她的个性就是充满好奇的，她追求生活就像淘金者追寻黄金。也许，现在把父亲带回家，照顾他直到最后，还为时未晚。这样寸步不离地陪伴他，这些必然会在她渺小无名的存在中留下一点意义，否则她每日的生活也都是些无聊乏味的重复，比如空空如也的牙膏管、讲电话时的卡顿，一切只会变得越来越艰难。

父母亲不仅是她的楷模，也是她唯一真正可以依靠的人，是她生命中的守护天使。这种感觉自她年少时经历过狂风骤雨后便开始了，直到如今依然如此。身处困境时，她会取出相册，大声朗诵她小时候给父母肖像写的一首赞美诗："你们二人，是我唯一拥有的……"于是，她便能忘却那些不愉快的事情。

她用语言和诗歌呼唤他们的次数有多么频繁，她拨打电话和探望的次数就有多么稀少。一般来说，她对事情的处理并不能体现她的真实感受。甚至她的表现经常和她内心深处的想法背道而驰。她已经学会了在精神被撕裂的状态下生活，她做事也从来不会提前考虑。比如，她在昨天的宴会结束后没有回家，而是叫一辆出租车直接到中央火车站，买了一张火车票，回到这个偏僻的小城，看看家里的这位大家长怎么样。

城里已经空无一人了。她本来打算走进一家超市问路，但是收银台的姑娘不太确定城里有没有养老院。她是不是在正确的火车站下车的呢？超市老板出来帮忙确认，这里有养老院。他自己的母亲也住在这个养老院里。艾伦买了一瓶可乐缓解宿醉。迷雾散去，她的视线渐渐清晰了，但好像还是有小人在刺眼的阳光下继续敲打她。她不甚确定地走出超市，此时她的大长腿已经疼得像小美人鱼的脚。她和超市老板一直在调情，非常确信他也会在养老院出现。

她按照超市老板详细的解释走在路上，先是左转，沿着马路往南走，再左转，走到一座新建的两层黄色楼房前。楼前是绿色的灌木，一条青砖小路一直蜿蜒到入口处。她的高跟鞋跟会陷在石砖之间的缝隙里，但是她一抖搂就好了。她继续往圆弧顶的门厅走去，这个门厅通往的就是那座"神秘的房子"。

她询问卡尔·索伦森住在哪里，然后被带到了接待处。接待员遗憾地摇摇头，居住名单里没有这个人。艾伦闻到一种刺鼻的气味，是棉衣之下单宁酸和汗液混合的味道。他在哪里？他会不会遭遇了不幸？难道他突然死了？

她最近这段时间都在想什么？为什么她没有多关心一下他在养老院的情况？她刚开始调整工作，一半时间居家办公，一半时间在单位工作，忙着适应新的工作节奏。她有点跟不上，工作上时间非常紧张，要为一家大企业准备呈现给顾客的新活动介绍。但这些都不是她忘记自己老父亲的理由。

周末的宴会她参加得越来越少。她参加的宴会数量已经超过了别人几辈子参加的宴会,她对宴会已经有点腻味了。她做过几次小手术,包括祛痣、眼部除皱等。年龄没有在她身上留下痕迹。她看上去比实际年龄年轻至少十岁。而且,她一直坚信,在经历过一次伟大的爱情以前,自己不能变老;在此之前,她会保持自己的青春、自己清透的肌肤、自己的活力。她最吸引人的地方就是她的双腿。她的腿很修长,腿型很美,给沃尔福德①做广告都绰绰有余。

她怔怔地站着。只要她还抱着最后一丝希望,她就不能走。会不会是有人忘了,或者是看错了名单?接待桌后的年轻姑娘把电脑转过来给她看,姓名和身份证号码在屏幕上滚动着。那个是他,卡尔·索伦森。

"停!"她喊道。

"放松点儿,"接待员说道,"你正常说就行了。"

艾伦已经朝楼梯走过去了,但是,一位身着宝蓝色套装的主管女士拦住她,问有没有和谁预约过。她没有预约,她只是想来看看自己的父亲。那位女士点点头,带她来到了办公室,要在访客记录上登记她抵离的日期和具体时间。

"谁让你进来的?"主管问道。艾伦还没有回答,主管就带她去见父亲了。父亲住在养老院的三个禁闭室中的一个,主管没有敲门就进去了。

"有访客,索伦森。"她边说,边像交接包裹一样把艾伦交接给他。

她看到了一个没有色彩、过度曝光的屋子,里面的家具包括一张床、一张桌子、两把硬椅子,以及窗户边的一把软座扶手椅。一个灰色的身影躺在被子上,盖着一条带

---

① 沃尔福德是高级女性内衣品牌。

条纹的毯子。他面朝墙壁躺着,显然并没有发现她的到来。她站在门口,被屋里的陈设震惊了。光秃秃的墙面,散乱的家具,充满遗弃感的灰色油漆,让她有一种望见未来的感觉。

父亲转过身来,眼神径直穿过她。那和春天时母亲葬礼上的父亲已经判若两人。他的眼睛变小了,眼神浑浊,面部僵硬,肌肉也没有了,无精打采的。他没有皱纹。皮肤光滑得像回光返照一样。没有皱纹这个事情应该是由于家族遗传基因吧。她自己就一条皱纹也没有。女朋友们都不相信,怀疑她偷偷地做了面部提拉手术。

父亲靠着床沿坐起来。他身体还过得去,可是他看上去好像瘦了四个号,体格和青少年的差不多,只是穿着老年人的衣服。他那件石油黑的拉链针织开衫是她再熟悉不过的——每块补丁、胳膊肘穿破的地方,包括磨损的袖子边缘。那件僵硬的假衬衣领(永远是条纹衬衣)松松垮垮地系在他那衰老的脖子上,那个脖子曾经也是肌肉发达。他那头地中海白发就像皇冠似的整个耷拉在耳朵上。

他向她伸出手来,还是那么温柔、亲切的感觉。她在床边靠着他坐下,握住他的手。他给予她的那种"小确幸",总是能使她感受到温暖和安全感。

他露出笑容,如孩童般祥和。她不知道应该对他说什么,和养老院的生活相比,她的生活太抽象了,没什么好说的。

"和……你。"他摩挲着她的手。

"去哪里?"

"外面。"

"我去拿点儿咖啡。"艾伦松开他的手。她要先离开禁闭室这个灰色地带，去确认一下。她一个陌生面孔，穿着高跟鞋，扣着纽扣的棉外套下藏着晚礼服，得出去探探路，看看怎么才能按养老院的规矩办，又把自己想做的事情做成。她在楼下遇到一个端着咖啡的养老院助理。有一个女人站在开着的门口抽烟，那扇门通往一个法式阳台。她看上去年纪比较大，和住在这里的老人差不多，只是穿了工作人员的制服。

"我可以要两杯咖啡吗？"艾伦问道。

"给谁的？"坐在桌子一端的助理说。

"我来看望我的父亲，卡尔·索伦森。"

"厨房里没有人吗？"她说。说话间，她递给艾伦两只杯子和一个有半壶咖啡的暖壶。她看艾伦的眼神，好像她怀疑艾伦是来这里查早报上关于养老院案子的人。但是，艾伦对这里的环境没有表现出任何脸色。她轻而易举地接受了这一切，甚至已经是关心老人的活广告了。

她拿着咖啡壶和杯子从工作人员的办公室出来，迅速回到父亲那里。父亲又躺下了，背对着门口。她俯下身轻轻哼唱。有爸爸在的地方就是童年，就是家，爸爸就是一切，没有什么能让她痛苦。

"咖啡来了。"

"鲜花……墓地。"

"很遗憾，妈妈已经走了。"

"不是妈妈……是小……妈妈。"

"喝点咖啡。"

"教堂墓地。"

"我的火车还有一个小时就要发车了。"

"和……你……出去。"

"不能请一位工作人员陪你去吗？"她问道。他摇了摇头。

"我得和他们谈一谈。"

"别……说。"他把食指放在嘴唇上，用害怕而陌生的眼神看着她，仿佛她已经在另一个世界，那个巨大又未知的世界；在那里，她自己有时候也会迷茫，找不到自己的方向。她从小就有一个愿望，希望有这样一个家：家里洋溢着曲奇饼干的香气，装饰成圣诞季的风格，还有古早的丹麦圣诞小精灵，在天使装饰下面围成一圈。

"现在闭上我的眼睛。天父在上。你的天使保佑着我，为我的罪，为我的需要，为我的危险。引领我行至今日。"父亲说这段话完全没有结巴，大脑与舌头配合完美。她不休息了，站起身来。

"我们要不要看看那些老照片？"

"不在这里。"

"那我们做什么呢？"

"外套……"

"我现在还不走。"

"要。"他还是像孩子那样坚持着。她同意了，去窄窄的过道里翻衣柜，但衣柜是空的，所有的抽屉也是空的。

"你的外套在哪里啊？"她问道。

"我被关起来了。"说着，他又把食指放在了嘴唇上。

"你想出去吗？"她轻轻地说。他起身走到桌子旁坐下，挥挥手，示意艾伦过来。

"所有的鲜花……都谢了。"

"妈妈去世已经七个月了。"

"不是妈妈……姐妹……妈妈。"

艾伦没有准备好要留在养老院，给自己的爸爸当家长。本来，安慰她的应该是他，拥抱她的也应该是他。她明白了，后知后觉的是她自己。他们本来就是一个老年男性和一个年轻女性，没有家庭关系。他们之间没有童年回忆的连接，那些岁月早已随风逝去。再也没有"父亲"和"女儿"的关系了。

比起她这个女儿，走廊里来来往往的护理人员和他的关系更加密切。她已经被踢出局，没有掌控能力，只能深陷其中。她宁愿自己在遥远的地方。在大城市里，她可以用孤独和宿醉包裹住自己，假装其他人都不是真实存在的，不过是阴间的鬼魂。

不满的情绪渐渐蔓延开来，占据了她的身心。这些陌生女人进入了她亲爱的父亲的生活，她该对她们说些什么呢？父亲使她自卑，使她变得像尘埃一样无足轻重。在这些陌生人的衬托下，她就是一个糟糕的失败者。还是说，她从一开始就没有准备好成为一个成年人，所以连身边最亲近的人都对她感到失望呢？父母给了她能力，给予她优秀的品质和聪慧，这些都没有给她带来成功，她也从未给自己的家人带来荣耀。

"自由"意味着危险。对此，父亲仅仅有一种模糊的感觉，也不想了解更多。这是不负责任和放任的表现。"自由"，是人们可以赖以生存的东西吗？他曾经问过这个问题，并且至今依然没有放弃。她回答过，这是一种起伏。不过，她没有具体说明，什么算"起"，什么算"伏"。她答非所问，父亲也就对她的生活失去了兴趣。他也理解不了。只有在她每次难得而突然的造访时，她对他而言才是一个模糊的存在。她如同一个来自天堂、失而复得的梦中人。她存在于被遗忘的过去，不复在现实之中。于是，她失去了那些女儿的权利，以及附属其后的那些甜蜜负担。

父亲拒绝喝她拿来的咖啡，坐在椅子上无动于衷。她的关心来得太迟了。父亲对她已经没有记忆。唯一还能证明他们关系的就是"手握手"以及彼此的信任感觉，这些已经形成肌肉记忆。也许，所有这些足以证明他们互相之间的爱了。这么长时间以来，他们也是靠着这样的爱经历了各种生活的洗礼。只有生物学提醒他们，那些令人痛心的事情、那些让人崩溃的事情毕竟发生过。

"自由。"他讥讽地看着她，她只是微笑着，又握了握他的手。他们无声的沟通反而是一种解脱。关于自己，她没有什么需要告诉他的。她成年后的很多事情他都已经不记得了，除非请一位艺术家把这些都画出来。

她看了看自己的手表。她需要求得他的原谅。这也是她来此的目的，也是这个目的驱使她走进中央火车站的。为什么她现在才想起来这么做呢？永远跟不上节奏。她总是后知后觉，时过境迁了才开始紧张在意。她刚走进父亲的单人间时，第一印象就已经不好了，她没有带探访别人时都应该送出的鲜花。或许这就是为什么，他一直在提墓园里的鲜花。父亲内心里对她是有怨怼的，她甚至没有自称"女儿"的资格。她感觉到汗滴渐渐渗出。她要趁着天还没有黑，回首都去。

父亲应该还没有觉察到，她的心思已经不在这里了。心不在焉是她的特点。她不太能一次在一个地方待很久，否则就会感觉自己被禁锢住了，似乎有隐形的墙在她周围拔地而起，她的手和脚好像被越绑越紧的绳索束缚着。禁闭室里冰冷的氛围使她局促。父亲的哀伤使她羞愧。火车的发车时间使她为难。这些难堪就像一颗痣刻在她的眉毛和发际线之间。

"贝克。"父亲指着她喊道。

"是艾伦。"她纠正父亲。

"贝克。"父亲继续这么喊。

"现在不是婚礼。"她解释道。

"贝克。"他坚持着,无视她的解释,继续说这个讨厌的名字。她用孩提时的眼睛看着他,然而他并不能认出她来。她再也不是他最亲的人之一了。不会有这样的奇迹发生的,不会有人和一个不可理喻的女人结婚。但奇迹就是发生了。他们确定了婚期。她用绸缎做好了婚纱。在无数次的延期和努力之后,新郎终于宣布,他要解除婚约。她并不是他想缔结婚姻的那种女人。

父亲突然站起身来,感觉他好像正在一段重要的旅途中。他招手让她走到窗户边,指着一丛蓝色的三色堇。

"小号。"

"是三色堇。"她纠正他。

"和……你……出去。"

"你不能和我一起走。"她能感觉到他要求她做些什么,不管她是不是女儿。她想带他回到床上去。但是他推开了她。

"不要三森。"①

"床。"她又一次纠正他。

"要不我们到走廊里走走?"她建议道。他摇摇头,站

---

① 丹麦语中,Samson 与 seng "床"的发音相似。——译者注

在原地不动,满脸疑惑。他真的年纪大了,糊涂了。

艾伦仔细地思索着,在养老院里还能做些什么。

"你以前经常给我唱歌。"她说。他难过地摇了摇头。

"你唱歌很好听的。"

"不对。"他转过身去,背对着她。她又看了看自己的卡地亚腕表,这块表也算是她失败婚姻的遗产。

艾伦离开了禁闭室那个四四方方的地方。她必须和这里的负责人谈一谈,这在她小时候是难以想象的,那时的她总是处于无助的状态。可是,不管是在办公室还是在茶水间,到处都找不到工作人员。难道他们都已经下班回家了?难道他们已经离开养老院了?她走下楼,来到接待处。那里应该会有领导级别的管理人员,就好比,一艘船的船长是拥有最珍贵东西的那个人:给将死之人以生的馈赠。

她带着这个未竟的任务回到父亲的房间。他还站在她刚才离开时所站的地方,就在外面的房间中央。她几乎要绝望了。她的火车再过二十分钟就要发车了。她发觉自己置身于一个尴尬的境地。她不能就这么把他留在这里。要是根本不知道也就算了,眼不见为净。现在,她想经常看看他,就像刚才那样,如同一个活雕塑定定地站在地上。她牵着他的手,他也就乖乖地跟着她走到了床边。他动作很慢,就像打太极拳一样,面朝着墙躺下。她把毯子展开,盖在他的身上,仔细地帮他掖好那些边边角角。她拎起超市的袋子,看了一眼时间。她认得从这里去火车站的路,所以她还有点时间,可以在床边握着父亲的手再陪他一会儿。

过了一会儿,父亲醒了。她正在给父亲梳头,便说她该走了,但是她很快会再来看他,也会一直想着他。她不能给他打电话，因为禁闭室里没有电话机。但是她会给养老院的领导打电话，要求他得到良好的照顾，一切平安。父亲盯着她的眼神空空的，下意识地晃着她的手臂。

"出去。"他的声音清晰且坚定。他走到外面去了，步伐轻快雀跃，带着青春的气息。

"你可以陪我去楼下，走到主入口那里。"艾伦挽着他的胳膊，一起缓慢又小心地沿着长长的走廊走过去。下楼梯时，父亲松开她的胳膊，抓住了楼梯扶手。她对于他能活到现在，已经感觉非常满足了。

他们下楼来到大厅，站在正门口。艾伦看见了那个管理层的女士，就是那个帮她登记的人。她想过去，请她给自己开门。但是父亲紧紧握着她的手。她的火车还有八分钟就要开了。她很慌张，朝着大门跑去，父亲在后面追着她。他站在她和门之间。那个主管女士跑过来帮忙，一边请他挪开，一边让艾伦出去。父亲依然很平静地站在那里。他看上去像年轻时的样子。这位穿着套装的女士开始骂他了，可是看上去好像也没什么用。她从外衣里掏出一串钥匙，把门打开了。又一次，父亲比艾伦速度还要快，挤在她前面。这变成了父亲和女儿的一场拉锯战。

艾伦捂住了眼睛，这是上天对她的惩罚：她犯下了最严重的罪，是她杀了自己的父亲。一阵恐惧感在她心中油然而生，从胸口向整个僵硬的身体缓缓蔓延。她有点手足无措，尴尬地笑了，却又不知道应该怎样保护自己的父亲。女主管很专业地控制住了父亲，硬拉着他往货梯走过去。艾伦小跑着跟在他们后面。她的笑声变成了无声的哭泣。父亲转过身来，用困惑的眼神看着她。

"艾伦，你在做什么？你要对我做什么？"

她紧跟着他们进了电梯，像父亲和他的典狱长脚边的一条狗。她的安排算是彻底流产了。

"我们不可能一直围着你转，万一你又不知道跑去哪里，找不到回来的路了，怎么办？"女主管说着，并没有松开控制他的手。她刻意表现得态度良好。她的声音太温柔了，和她持续的肢体压制以及一连串熟练的动作反差强烈，父亲就是这样变得越来越消极的。

"索伦森，这样不行的。我们在这里就是为了确保你不会伤害到自己。你要是掉进水塘，或者被随风飘过的雪吓死了怎么办？如果我们没有把你照顾妥当，你觉得你的孩子们会怎么说呢？"父亲已经没有了思想和灵魂，空有一具躯体了，她还是对他说了这么些话。

"你可以舒展一下。"她意味深长地看着艾伦说道。艾伦在她的注视下，有点紧张。

"告别也是不容易的。"她继续说道，略微有点气喘。

"不要。"父亲摇着头。电梯一下子停住了。艾伦其实希望这个小电梯一直往上升，直到陪着父亲一起到天堂好了。艾伦让父亲和女主管先走，自己跟着走出了电梯，在旁人恐惧的目光下走过了走廊。

他们一走进禁闭室，父亲就立刻被塞到被子里，连外面的衣服都没有脱。他都不值得他们正眼瞧一眼。他就像在另一个世界过着另一种人生。

"他晚上都要穿着衣服的。我们就让他这么做了。"女主管解释道。艾伦点了点头。

"晚安。"她说着向他伸出了手。他却没有动。

"要不我们去楼下办公室聊一聊？我好像还没有给你介绍过我自己。我是这个养老院的院长。"她说着握了握艾伦的手。

她们一起走到了底楼。艾伦突然看不清所有东西的颜色了，所有的东西都成了灰色的。她的手、养老院院长的脸、白色的门、黑色的楼梯扶手、前厅里的绿植、抗癌活动的海报、办公椅、文件夹，甚至还有刚才他们在主入口的时候父亲落在那儿的情色照片……都是灰色的。

"我们一般都建议亲人和其他访客不要直接告别，就找个借口走开，比如取咖啡之类的。这就可以避免让我们这些不能外出的老人家跟着走。他们对自己的状况并不清楚，也没法理智地沟通。他们需要固定的规矩。由于我们对你的来访没有做好充分的准备，造成了这次令人遗憾的失误。请你帮助我们杜绝这样的事情再次发生。正如你所看到的，我们对于照顾好住在这里的老人是高度重视的。"

"他很想去墓园。"

"我知道，我知道。但是，我们可能会找不到他，这个风险我们承担不起。所以，为了他好，我们和他的儿子一起这么决定的。"

"那是我弟弟。"艾伦纠正道。

"你还能赶得上最近一班火车，还有不到一个小时。"养老院院长对老人家这个从没见过的疏远的女儿并无好感。

"有没有可能有其他方式……"

"对于一个老人家而言，一直被关着，比我们让他出门后再关起来，伤害要小得多。他们甚至可能穿着脏兮兮的衣服在外面徘徊，不知道怎么问路，还要躲避车流。就这么让他们出去是不道德的。我们认为，他们不能出去。这并不是不幸的。对他们来说，抓住门把手是一种本能。你要知道，另一种选择是一剂猛药。一扇上锁的门比一针精神安定剂要强。"

"尝试一下也不会怎么样的。"

"这是我多年的经验告诉我的。他们是很难管理的。你自己刚刚在前厅也已经算试过一次了。"

"可我还是这么认为。"

"每天和老人家打交道的是我们。我们知道他们每个人进出的情况、每个人的特点和问题。"养老院院长最后说道。艾伦觉得自己没什么可说的了。每个人都沉浸在自己的想法和感受中。对于当权者,她有一种恐惧。所有那些坐在写字桌对面的人,都用他们掌权的那套逻辑,使她显得渺小、愚蠢、资质平庸。

"我是不是在什么地方见过你?"女主管问艾伦,她从当权者的角色变成了个人身份。

"应该没有。"

"你的脸看上去好熟悉。"

"我在后台工作。"

"后台?"

"广告行业。"她有气无力地回答。她已经没有力气了。

"那是有一个人像你。"养老院院长站了起来。

"我该走了。你可以在这里等一下,或者去楼上活动室。我请求你不要再上楼去打扰索伦森了,要不然我们又有的忙了。"她友好地点了点头示意,把办公室留给艾伦。

艾伦坐着,头埋在双手之间。来自最高管理者的指示像化学试剂流入了她的血管,直击她的心灵,阻止她从椅子上站起来,去找父亲。她看了看手表,还有四十分钟。她从复印机上拿了几张纸,从一个老式笔盒里拿了一支绿色的水笔。这支笔应该是纪念版，这个猜测在她脑子里一闪而过。她写得很快，几乎是狂草，她希望父亲还能阅读。失语症应该只能让他丧失说话的能力。她像个小偷似的溜出办公室，贴着墙壁走上楼梯，很怕遇到养老院院长，她的腿抖得像父亲的腿一样。

楼上的走廊里，护理员们正在把午后的咖啡和蛋糕放到朝着花园的阳光房的小桌子上。艾伦迅速走过，完全不看旁边。禁闭室的门是关着的。她握着门把手的时候，心脏怦怦直跳。上帝保佑！门没锁。父亲微微弓着腰躺着，脸朝着墙壁。她轻轻地摸了摸他的背。他没有反应。但是，她确定他没有睡着。她蹲坐在旁边，直到去火车站的时间到了。她握起他的手，把写得密密麻麻的纸放在他的手里。然后，她就离开了禁闭室，轻轻地带上门。

她站在门口，既不能离开父亲，又不能带他离开。她的内心就像战场，一个女儿未尽到责任的心情上下翻腾。她吃了一片安定让自己镇静下来。她经常在口袋里准备几片安定，以防万一。她又要赶不上第二趟火车了。她担心自己会不得不在傍晚时分的公共场所再多等一个小时。她开始恐惧。她得尽快找点儿什么喝的，可以让她的药片赶紧进到肚子里去。她在走廊里找工作人员。在通往前厅的楼梯口，她遇到了一个矮小肥胖的男人，手捧着一束玫瑰花。他站在那里，热情地和她打招呼。

她已经忘记超市老板那回事儿了，只是疑惑地看着他。他介绍了自己，她抓住机会请求他帮忙找一杯水或者咖啡，或者随便什么喝的，因为她被噎着了。他求之不得为她服务。他把鲜花交给她，就消失在了走廊的另一头。过了一小会儿，他拿来一杯黑加仑汁。她一口气喝完了一整杯，表示感谢。他拒绝把花收回来,并坚持让她留下玫瑰花,因为玫瑰和美女最是相宜。她很开心,于是收下了。她再一次对这个小个子的胖男人表示了谢意,然后抱歉地告知自己该走了,她的火车再过没几分钟就要开了。

逃离

风力已接近飓风的强度,在这样的纬度地区是闻所未闻的。雨幕从天而降。这样的天气连狗都不会在外面走。外面只有他一个人,一会儿走,一会儿站,身上只穿着衬衫,脚上踩着驼毛拖鞋。和洞穴里的动物相比,他显得更加凄惨。他在大雨中走了很久,似乎都忘记了来处。他逃离的步伐充满迟疑,一点儿也不着急,全身淋得越来越湿。

狂风暴雨冲击着这具衰老的身躯,飓风肆无忌惮,几乎要把他撕碎成一片一片,吹到天堂的入口。在那里,上帝的看门人会把他身体的碎片重新收集起来,再让他住在无家可归者的大厅里,这里有七层楼,放着许多双层床,每天都有人死在这里。

这家伙离他的"大日子"不远了,到时候他的尸体也会被放到天堂的架子上。他不怕死,也不怕生。他怕的只有被囚禁。在这样的生活中,排外和封闭就是成就它的一部分。

人类就这样,别无其他了吗?他在雨中大喊,大雨鞭打着他的颈背。他看不清前路。他没有戴眼镜,和盲人差不多。他在泥泞的地里摇摇晃晃地走,就像一个眼睛被蒙上、失去平衡的人。在湛蓝宁静的海面上,对那条模糊的水平线的记忆是他唯一的指南针。

他确信他可以继续前进,那艘船会在对的时间、对的地点,载着他去到海平面的另一端。他对自己的死亡确信无疑,在他跟着飞翔的荷兰人去天堂前,这是最后一次会面,他们的船就停在外面第三块礁石处。[①]海滩边,一条被明亮的白色贝壳包围的小船已经准备好了。他很快就找到了船桨,坐到了小船上。

他是一个很优秀的桨手,迅速靠近荷兰人,登上幽灵船。幽灵船工整的船帆由死人的寿衣缝制,有了登上这艘船的船票,就是这船上各色人物中的一员。这里有富商和贵族、政客和太太们、足球明星和最高法院法官,也有孩子们和穷人、妓女和主妇们、老人和超速撞死的年轻人、劳改犯和吊死的死囚。即便是太阳王路易十四也会登上这艘船。没有人可以躲过荷兰人这一劫。在死亡面前,人人平等。同样地,我们这个家伙正在他最后的远行中,走向公平的绝对胜利。

他不再回头。他的记忆要留给未来的开放世界,那里有动物,有人,没有他。他和股票交易员、流浪汉交换了衬衣,到上等船舱和王室成员、时尚人士坐在一起。而他的另一边是刚参加过坚信礼的青少年和自杀的人。所有的不同都是潜移默化。换衬衫是能够掩饰自己的。他不知道谁是谁,也不知道在这个尊贵的群体里他自己在什么位置。

---

① 飞翔的荷兰人是传说中一艘永远无法返乡的幽灵船,注定在海上漂泊航行。飞翔的荷兰人通常在远距离被发现,有时还散发着幽灵般的光芒。据说如果有其他船只向她打招呼,她的船员会试图托人向陆地上或早已死去的人捎信。在海上传说中,与这艘幽灵船相遇在航海者看来是毁灭的征兆。在德文里(fliegend)用来表示一种持续飞行的状态,形容受诅咒的荷兰人永远漂流在海上,四处航行,却始终无法靠岸的悲惨宿命。——译者注

人与人之间的界限消失。所有人的灵魂都幻化为集体的意志。

他轻手轻脚地走在小路上,也轻轻地拂过自己的心灵。尘世间的担忧再也不能成为他的羁绊。他的灵魂已经被暴雨洗净,他的内心和身上像湿透了的睡袍一样洁白。

他感觉到花圈放在他的棺椁上面,是南非万寿菊和蓝色勿忘我。倾盆大雨敲打着花圈,熟鸡蛋大小的冰雹雨包围了他。冰雹雨全方位地保护着他,像一把不会停下的步枪,一直下一直下。他是和老天爷在战斗。他棺椁上的花倒是自由了。他的整个身体青一块紫一块,好像复活节的彩色羽毛。①

他走了这么久的路,已经很久没有好好吃东西了,突然非常想吃顿饭。只要他看一看周围的环境,就会发现自己在的这个地方和苏格兰高地有点相似。他把头上的花圈拿下来,津津有味地吃着白色和蓝色的花朵,然后把只剩下枝干和叶子光秃秃的花圈放回到棺椁上。没有鲜花的花圈和他简洁的造型更加相配。

这个徒步远行的男人,他是谁?这个迷路的老人家,是无家可归了吗?是这个被俘期间年薪从每年65000克朗大幅涨到了122000克朗的王室成员吗?根据他的身份证号码,他应该有一百岁了吧?我们所在的时代已经是他的终点。他的装扮老态龙钟,又像狂欢节的"国王"。

他也不知道自己怎么就走到了这里,他正身处一片平原上,周围都是悬崖峭壁,还有被遗弃的老鹰。他在漫天飞舞的龙卷风中迷失了方向。他甚至都搞不清楚自己是不

---

① 丹麦复活节用彩色羽毛作为装饰,并在上面挂复活节彩蛋。——译者注

是仍然活着，或许他已经死了。他评估了目前的情况，两种可能性一半一半。他希望，如果他站着的时间足够久，迷雾可以散去，他能看见悬崖下的地貌。也许他面前是一片汪洋大海，或者他需要转过身，向着反方向前进。

　　细密的雨幕模糊了他的视线，他在雨中发现了一个可以窥探的小洞。他睁大眼睛。他精准地知道自己置身这个平行世界的何处，没有一张地图画得出平行世界。只有每个人自己的心里知道这个世界，并且会把最终结局带进坟墓。

　　雾霭间的洞越来越大。他俯瞰着沐浴在阳光中的风景，下面就像一个有强大赞助商投资的巨型体育场馆，一望无际，也没有荷兰人从汹涌的波涛里出现。只有这波光粼粼的大海，让他想不起来，还有一场幽会在等待着他。"再来，战士。"他在迷雾的巨幕中央正迅速扩大的洞中间说道。

　　他与生俱来的好奇心促使他站在原地，等待着这片自然的场馆里即将发生的事。奥运圣火会不会在这里被点燃，成为年轻诸神竞赛的发令枪？他会不会透过这个自然的洞口，看到自己人生中最后一场体育竞赛？这个洞已经变得非常巨大，大到足够容纳一场正规的马拉松比赛。

　　他最爱的是足球。但是所有的运动项目他都挺喜欢，只要有体育比赛，他都一定会在电视机或收音机前收看或收听。他就是人们口中的"运动痴子"。在这片神圣的山丘上，他得到了一个意外的礼物，如同是对他在养老院得到区别对待的补偿。他在养老院被认定为破坏了电视机，但是他自己否认是他烧坏了电视机。

　　他已经忘记了自己远行的目的地。是荷兰人破碎的风帆吗？是要去海平线那边的国家吗？还是去神圣的未知之地呢？在体育的世界里，他是全身心投入的。他觉得可以看到底下的奥林匹克场地里有什么东西在动，所有的树都在往外移动。他一直在等待，训练有素的年轻人会高举着各种颜色、各种图案的国旗，列队迈进场馆。然而，他只看到了混乱、斗殴和辱骂，也许是因为他从囚禁中仓促出逃时，忘了戴上眼镜。

当他看明白这是一场拳击比赛的时候，他开始能够分辨得清楚些了，精神头也开始高涨。他绝对是唯一的观众。这场盛大的体育赛事完完全全是为了表达对他的尊敬而举行的。他挺起背来，发现雨停了，雾散了。他清晰地看到了整个无边无际的场馆，这里既是一片自然风景，也是一个体育场。有这么一个共识，它警示了毁灭，预示着没落，这些都是对人类狂妄的惩罚。他明白这是一个特殊的境况，他竭尽全力保持清醒，只要是场馆内目之所及的地方，都尽量不错过比赛中的任何一个细节。

太阳又出来了。他感觉到了温暖。他的衬衣和驼毛拖鞋都干了，真舒服。他很久都没有这样舒适的感觉了。上一次还是他正值盛年的时候，当时他承受住了难以想象的巨大工作压力。在这一刻，他又找回了站在巅峰的感觉，这种状态只能用幸福感来形容。

他醉了。这就是他远行的终极目标：再体会一次沉醉的感觉。他之前把最终的目标弄错了。现在，他已经想清楚了，就可以安详地死去了。但是他控制不了时间。他只知道荷兰人在等着他。她可不是我们这些人能躲得开的。

他有点焦虑，担心自己找不到去大海的路，找不到荷兰人。他想，即便抵达不了要去的地方，自己也应该在这片狂风肆虐的高原上到处走,或者在奥林匹克体育场的死胡同里一遍遍地跑动。

  这个想法让他觉得晕眩。他的双腿支撑不住了。他像一袋土豆一样散架了。死亡占据了上风。他几乎已经放弃。这时,他恐惧地发现,自己躺在一张牛皮地毯上,前面是一个燃烧着的火炉。这一次,他依然没有得到善意的对待。而这一次,他已经无路可逃。这个屋子里一扇门都没有。他看看自己,看到了一具年轻人的身体。他张开嘴巴大声喊叫,发出的却是一阵低语:原谅我,我老了,笨了。孩子,帮我合上眼睛吧。请帮助我。

好孩子们

"我们不能让他这样到处走,会受伤的。"
"他只是想去教堂墓园走走。"
"我们担不起这个责任。"
"比如你们现在就可以开车带他过去,一个人一边搀着他的胳膊。"
"我们搀不住他的。他力气太大了。"
"你们可不可以耐心一点,向他解释呢?"
"他总是骂人,特别凶,对工作人员说很难听的话,让人听了都觉得很不舒服。"
"你们是不是就是因为这样,才不愿意让他去教堂墓园的?"
"你自己在后面两手一摊,把所有事情都丢给我们。所以现在你也应该明白,就应该是由我们说了算。"
"我们又不能重新安排大家的地理位置。你在家里。我离家那么远,我已经尽量回来了。"
"随便举个例子吧。过去这五年,都是我们帮爷爷奶奶洗衣服、做家务的。"
"我对你们做的这些事情也是非常感激的。"
"我没有要求你谢谢我们。"
"我就不明白,为什么带他去墓地就是不行呢?"

"他已经不再是以前那个彬彬有礼、精神抖擞的他了。"

"我知道,他确实已经不是那样子了。"

"你不能正反都有理吧。"

"他受不了被关在里面。要是我,我也受不了。"

"你总是站在他那边。"

"爸和我,我们俩很像。"

"你打电话来,就是为了批评抱怨的吗?"

"我不是打来抱怨的。我只是想问问:试试看会怎么样?"

"那你来为他负责好了。"

"我离得这么远,我负不了这个责。"

"你从来就没有准备好做一个成年人。"

"所以现在是开始批判我了吗?"

"我刚度假回来。我还在倒时差。"

"我不知道你在倒时差。"

"但是你应该知道,现在是凌晨一点半。"

"这么晚了吗?"

"你没有手表吗?"

"有。"

"那你现在到底想怎么样?"

"和你说说爸爸的事情。"

"现在来不及了,太迟了。"

"他受不了被关禁闭的。"

"你觉得,我们把他安顿在那里是寻开心吗?"

"不是。"

"那你自己再想想吧。他已经没法自理了。"

"那也不能就住在禁闭室吧?"

"我们和养老院院长讨论过，都认为他住在养老院是最好的。"

"她冷冰冰的。"

"她是个优秀的院长。"

"她会动粗。"

"他就是为了给你留下这种印象。"

"我亲眼看到的。"

"看到了什么？"

"她……用胳膊……箍着他……不让他出去。"

"这是为了他好。"

"我就是不明白，为什么他不能去教堂墓园。"

"你把所有事情都交给我们了。那你现在就不应该放马后炮，来指责我们的决定。"

"你们应该体会一下他受到的待遇。"

"依他的情况，他看不清自己的状况。你也看不清。"

"我只知道，我看见的那些，是不对的。"

"你以为，我们不能和他一起在家住，我不难过吗？你不觉得，你这么说会让我痛苦吗？"

"嗯……"

"这也太容易了，你带着自己的正义感来一趟，然后就消失了，就把我们其他人留在这里，承受痛苦。又在半夜打电话，抱怨一通，认为必须要把养老院管得井井有条。我和莉莉安已经认命了，照顾爷爷奶奶是我们他妈的义务。奶奶走了，我们还要照顾留下的爷爷。生活对他太残酷了，他像又回到小时候一样。所以，应该有人要照顾他。"

"乌夫，我只是请求很小很小的一件事情。你以后不会再接到我的电话了。"

"你以为所有人都要听你的吗?"

"你永远都把枪口对着我。这是爸爸的想法。"

"现在说这些会不会太迟了?都过去五年了……"

"我懂了。不过,这就是妈宝的价值吧。"

"她去世的时候,你都没来得及赶回家。"

"我又改不了车次表。"

"永远都是这种蹩脚的理由。"

"那你不要和我说了。不管怎么样,我都是你大姐。"

"你是比我大七岁,但是你的智商没有大我七岁。"

"不要和女人谈论年龄。"

"哈,对,我忘记了。"

"我一直那么努力地教你。"

"你教过我在学校后面的空地上放风筝。"

"那是我们最开心的时候。"

"自从坚信礼之后,你就变了。"

"一夜之间,我就变成大人了。"

"你远离了我们这些家人。"

"不是我离开了。是你们把门关上了。"

"你有一种歪曲事实的特殊能力。"

"你们早就该接受我,我就是这样的。"

"可怜的被误解的天才。"

"他妈的,自由职业者。"

"你也开始骂脏话了吗?"

"告诉我,你信基督了吗?"

"没有。就是听到他这个年纪了,还在说脏话、骂人,觉得心疼。"

"一个九十多岁的老人家,住在养老院里,已经拎不清了。"

"他早就糊涂了。"

"那就让他骂吧。"

"为什么他就不能看清现实呢?他年纪已经这么大了,为什么不能接受现在的条件?有人照顾他、陪着他,他还不高兴吗?"

"你那么了解他,你应该知道,他为什么不能接受。"

"我们已经竭尽全力了。如果还不够,那就交给你吧。"

"这是你们的责任,也是你们做的决定。我完全赞同。但是,我只有一个请求。我可以跪下来求你。开车带他去教堂墓园走一走。"

"我们和养老院有约定,他不能出去的。我们必须要遵守约定。"

"他们不能决定这个。"

"不管怎么说,每天和老人们接触交流的人是她。"

"那我就自己去接他。"

"现在多多少少已经上了轨道。一开始,他完全不受控。现在他已经逐渐习惯了这样的安排,也平静了。结果你突然出现,破坏了这一切。"

"我看得出来,他很难受。"

"你说的这些,真的让我伤心。"

"我的本意不是要伤你的心。但是,我看到爸爸……"

"看来这还是你第一次,对除了自己以外的人上心思。"

"你不了解我。"

"对,我也没兴趣了解你。"

"你总是在说我。"

"所以呢?"

"我搬回家来照顾他吧,就住爸妈的房子。"

"你是蠢吗?还是你故意开这种不合时宜的玩笑?"

"我只要一想到他被关着,我就受不了。"

"可惜,你来得太迟了。"

"如果现在是我来照顾他……"

"你不能就这样,突然半路闯进来吧。"

"这是我的爸爸。"

"是我们的爸爸……没有你的帮忙,我们也一直都能把各种问题解决。"

"我又被排斥了。"

"一个巴掌拍不响。"

"搞得像我总是那个犯错的人一样。"

"你自己不这么觉得吗?这真是一个疯狂的想法。"

"不,我不这么认为。"

"请你弄清楚,这不是小说,这是现实生活。"

"我从十七岁起,就自力更生了。所以不要和我说什么弄清现实。我没有从家里拿过一分钱,都是你拿的。"

"我主动同意回家,接手商店的管理。你那时候多高兴啊,因为我可以继续照顾爸爸的日常起居了,商店也不会被交给外人来管理。这些都是你白纸黑字写过的。"

"我写过的吗?"

"你写过,恭喜我接管商店。那时候,你没空过来一起庆祝。"

"那已经过去很久了。"

"自从伊达洗礼之后,你就没有来看过我们。现在她都快要举行坚信礼了。"

"你们会邀请我吗?"

"我们一致认为,你不会愿意来的。"

"你们都没有给我选择的机会。"

"你一向都不太在意这些形式上的东西。"

"一想到伊达都这么大了,我真是很感慨。"

"她是个聪明的姑娘,在班级里都是第一名。"

"祝贺。"

"阿朗的手球打得不错。他想加入职业队。他参加了青年国家队的选拔,但是没有进到最后一轮。"

"有点可惜了,他都过了那么多轮了。"

"他还会参加的。"

"男孩子也是很敏感的。"

"他马上就是成年人了,马上就十八岁了。卢讷多大了?"

"他马上就二十七岁了。"

"我从……他坚信礼之前,一直到现在,都没见过他。"

"他没有参加坚信礼。"

"啊?"

"他自己决定的。"

"他怎么样?"

"据我所知,非常好。"

"什么意思?他是你儿子。"

"我和他联系不多。"

"他在做什么工作?近况如何?"

"我说了,我也不知道。"

"好吧……他是怎么回事啊?"

"就这么回事儿。我拿他也没什么办法。"

"他是……吸大麻了吗?"

"如果只是这样……我也还能理解。"

"那问题出在哪里呢？"

"这个我们下次见面再聊吧。"

"你和他完全没有联系吗？"

"从最后一次联系算起，到十二月就满一年半了。"

"和这么个孩子一起生活应该挺不容易的。"

"我也没有和他生活在一起。我对他已经麻木了。"

"他就不能好好过日子吗？"

"我还是有一点点小小的愿望的，我总觉得'我们可以跨越……'所有他对我怨恨的事情，你知道的。不过这都是空话。我也他妈的道过歉了，我不该骂他，我也不懂他们那代人。我也没有时间。为了养家糊口，我拼命工作。我不想给一个让我失望的孩子零用钱。"

"也许，他也想有一个爸爸。"

"他和他的爸爸不亲近，你以为我没有反省过自己吗？可我就是没法原谅他爸爸，他不愿意和我生孩子，在我怀孕的时候离开了我，让我一个人孤零零的。那时候，他就躺在摇篮里，小小的，时而安静，时而啼哭。我也不能和他交流，所以我也不知道他需要什么，当然也就没法满足他的需求。换谁都是一样的。这个手无缚鸡之力的小东西，却拥有不受控的力量，真让我害怕。"

"我们和你从那时候开始就没怎么联系过。我第一次见到卢讷的时候，他刚刚学会踢球。"

"我有时候会把他一个人留在家里。"

"为什么？"

"我也不知道。也许是幽闭恐惧症。那时候大家还没有关注到产后抑郁。"

"你当时真的那么严重了吗?"

"对我而言,他还是像一个陌生人,不知道从哪里冒出来的。"

"你向来不习惯……和男孩……一起。"

"我失去他了,乌夫。"

"可是,怎么会变成现在这样呢?每次我想到自己的两个孩子……"

"不会的。只有事情真正发生了,才会觉察得到。"

"那你得给我解释一下……"

"他当时邂逅了那个女孩儿。她很甜美,有点距离感,但是一直带着微笑,真的是一直笑。我当时觉得,他有了固定的女朋友,也给我介绍过了,那对他也挺好的。他之前的女朋友我都不太清楚,都是听过了名字,很快就没有下文了。他的同学们早就都和自己的另一半同居了。所以,我是希望他和其他人同步的,这样挺好。你知道一个男孩和单亲妈妈,总是会被人们用另一种眼光看待的。"

"他开始不对劲的时候,你没有感觉到吗?"

"我对桑德拉的印象真的是非常好。我很感激,她把卢讷带到了正确的路上,让他回归正常状态。日子久了,他们越来越像一对真正的伴侣,他们本应该成立一个小家庭的。我也会为他们骄傲的,毕竟我自己没有能够给卢讷和我自己创造这样的一个家庭。"

"如果他就这样成家立业的话,也就没有别的好说的了。"

"是啊。要是他的社会学科目没有不及格,就好了。"

"胡说……"

"他找桑德拉做女朋友,我还是很高兴的。我当时是真的高兴，也没有细想，她到底是谁，来自哪里。第一次见过面以后，我就再也没见过她。我只是感激她，以后可以陪着卢讷，减轻我肩上的负担。因为我以前是担心过的，万一卢讷一直赖在家里，到时候我又没有勇气真的把他赶出去。"

"从你再也没有见过那个姑娘开始，你应该就已经能感觉到哪里不对劲了。无论如何，她也算是你的儿媳妇。"

"这也不是我的风格，我也不会用绳子牵着乌夫。"

"也许问题就出在这里。"

"你不该把自己卷进来的……桑德拉对他是有积极的影响的。他的表现更加稳重成熟了。我觉得，他应该是搬去和她一起住宿舍了。一开始，他还会把脏衣服拿回家洗。洗衣机洗衣服的时候，我们就一起聊聊天，挺舒服的。应该就是那时候，我太溺爱他了，太像个女佣似的照顾他了。"

"对，妈妈们都是这样的，这个我知道……"

"我第一次对这个事情有所察觉，是因为卢讷开始对我抱怨起来。他觉得我不够爱他，没有给他生兄弟姐妹，也没有为他过过生日。我的缺点清单长得像开口三明治的外卖包装纸一样。因为我们搬家次数太多，住过八个地方，所以他不得不不停地转学，没有归属感，也没有集体感。我告诉他，我们每次搬家，都是从比较小、比较差的公寓搬到条件更好的公寓。而且，我们也都说好了的，这么多次搬家的经历对他来说，也是一种成长的旅程，他可以接触到不同的环境。略显漂泊的童年经历对他人生观的形成是有一定帮助的，他也因此拥有了和各色人物打交道的能力。所有这些，他好像突然都忘记了似的。他居然反过来说，是这些经历毁了他。我对他说，他一个二十岁的人说自己老了还太早。当然，我也许不该那么说。我从来都不是一个说教的人。"

"我们小时候就从来没有搬过家，一直住在这里……他们有的同学是从一开始就在那个学校上学的……"

"正确的路并不是唯一的。人生有很多种生活方式。"

"但是，和自己的孩子失联……"

"我现在也没有完全和他失联。他们在老国王街和火车站路住的地方我都跟着去过。不过，每次他们都说，没有他这个人。"

"跟踪算是犯罪了。"

"这个答案太让我失望了，我只能自欺欺人。我太优柔寡断，不愿正视问题，所以我一开始就是不合格的。比赛还没开始，我就已经输了。"

"你对自己太严苛了。"

"我从来没有想过，有人会弄丢自己的孩子，这个孩子会不要我，再找一个更好的什么人代替我。"

"是他遇人不淑，你也是没办法。"

"癌症就是这样得上的。"

"我们的家族遗传病史里面没有癌症。所有的叔伯姑姨都没有得癌症的。"

"爸爸也没有什么病，他本来没必要住养老院的。"

"他不能再搬家了，他的身体会受不了的。"

"我不明白，所有这些最后都变成了六个星期的禁闭。"

"基本上在妈妈的葬礼之后，他同时也就每况愈下了。"

"平安夜的时候，他一般会回家吗？"

"我们不敢接他回家，不想冒险。万一他不愿意回养老院怎么办？我们也不能给他戴手铐吧。"

"那他就一个人过节吗？"

"我们会在平安夜那天下午带他出来，算是庆祝圣诞，听学校的合唱团唱圣诞弥撒。"

"那平安夜那天晚上呢？"

"你从来也没怎么隆重地庆祝过圣诞节吧？"

"我今年打算好好庆祝一下。"

"对孩子们来说，平安夜在养老院过的话，他们会不开心的。养老院的餐食也不可能像真正庆祝圣诞节吃的东西一样。"

"那我来陪他过平安夜吧。"

"你愿意这样做，我太高兴了。"

"我可不是为了谁来的哦，我就是自己愿意。"

"你本来也总是这么随心所欲的。"

"我可以在自己身上看到卢讷的样子。我做的事情……就是完全不给自己留后路。"

"对于上了年纪的人来说，被遗忘是残忍的事情。"

"我没有不管他们。"

"在我们看来，是那样的。"

"反正你们永远是对的。"

"这个时候，我们就不要为了这种事情吵架了吧。"

"乌夫，我到底该他妈的怎么做？整个过程就像黑夜里的小偷一样鬼鬼祟祟，以至于我都没有觉察到他的转变。这是一个过渡阶段，他自然而然地从我这里得到解脱，第一次为了自己独立自主的成年生活而自力更生。"

"他们也太独立了，应该得到一定的尊重。"

"父母不应该占有孩子。"

"我说的也不是这个意思,你都没好好听,这一点你和爸爸一模一样。"

"妈妈以前总是站在你那一边。"

"现在还这样就太孩子气了。"

"是你先开的头。"

"是你在激我……不,你别在电话里哭啊……艾伦……艾伦……"

这是一个怎样的母亲?这是一个怎样的儿子?

由于住院的关系,母亲发现儿子已经不再给她打电话了。母亲在心理上产生了自我否定或者被迫害的情绪特征,将儿子的沉默诠释为,他过得很好,忙于自己的新生活。过了好多天之后,母亲鼓起勇气给儿子打去电话,告诉他,自己要住院了,不是什么严重的疾病,只是要做一项一天一夜的检查。儿子生气地打断了她的话,完全出乎她的意料,她觉得儿子就像陌生人一样。儿子对她一点也不尊重,抱怨她没有道德心。母亲有点过分急切地回复道,他不可以这样诋毁自己的家人,这等于是在贬低自己。儿子认为自己天生就是为了讽刺1968年生的人,这代人代表着"花的力量"标志的随性、无为、非主流的嬉皮士哲学,充斥着毒品和性,却全然不提那些所谓的青年抗议人士的政治不负责,以及毫无头脑的修正主义,而这些都是他进行过彻底分析的。母亲应该明白,儿子的智商敏锐度没有问题,但是他也要知道,她没有参加过1968年的嬉皮士运动,毕竟她那时候都没有在念大学。儿子认为,她说的没有意义,因为她多多少少受到了60年代生人的影响。他继续抱怨母亲,指责她放浪的自由职业者的生活。母亲惊诧了,他不知从何处接收到了这样老派的观念。她说,上个世纪就已经出现自由职业者了。儿子在电话里大喊大叫道，永远都是这样愚蠢的回答。母亲对于儿子在愤怒中流露出的暴力感到担忧，忍不住问，他是不是过得不好。他那么想找一个替罪羊，不光是自己的母亲，甚至是她所属于的这整整一代人。儿子挂断了电话。母亲惊慌失措地回拨电话，想要道歉。一个粗鲁的男人接了电话，却显得完全不认识卢讷。母亲只得挂了电话。这时，儿子又过来接起电话，问道，怎么了？母亲忘了问，他们两个年轻人下周六有没有时间回家吃饭。儿子听不懂母亲的话。母亲又把邀请重复了一遍，她几乎已经说不出话了。儿子拒绝了邀请。母亲鼓起勇气，建议换个日子一起吃饭。儿子莫名其妙地激动起来，又一次拒绝了她。母亲问，他是不是不能自己一个人决定时间。儿子还是拒绝。母亲直接问道，他们是不是无论如何也不会回家吃饭了。儿子说，是的。母亲以自杀式的语气，要求儿子单独回家。电话线的另一端是长久的沉默。母亲极力克制却仍忍不住喊着问，他还在不在听电话。儿子低语道，我在咖啡厅。母亲终于明白了，他们的对话被监听了。儿子说，他会再打电话的。母亲至今还是相信他的，但总归又觉得哪里不大对劲。

儿子在一个电话亭里打来电话，和母亲约定在市中心的一个咖啡馆见面。母亲听了儿子的话，心情很激动，期待着看到他的样子。母亲很兴奋，仿佛要参加相亲，认识新朋友了。她已经等待了太久，几乎就要放弃了。终于，儿子又出现了，虽然他绝口未提之前的缺席及其原因。母亲问他想喝一杯葡萄酒，还是啤酒。他只要了一杯矿泉水。母亲点了一杯矿泉水，又给自己点了一杯红酒。她点了支烟。儿子请求她，等自己走了再抽烟，顺便提醒她，自己的时间不多。母亲觉得有点受伤,木讷地问,他是不是很忙。儿子看上去沉浸在自己的世界里,他告诉母亲,自己晚上七点还要开会。母亲深吸一口气,问他到底住在哪里。儿子好像后悔来这里见母亲了,他在短短一段时间里变化很大。母亲并不能准确地说清楚,自己的儿子到底是哪里变了,只是觉得他同自己的言谈中,表现得不大自然。母亲不知道该对自己的儿子说些什么。即便她本来有话想说,也想不起来了,大脑一片空白。儿子的脸色苍白,甚至像是敷了面膜一样惨白。她的儿子和原来不一样了,服饰穿搭也不合时宜,又古板又普通,完全不符合他原来的品位。母亲说,如果儿子觉得在爱人和自己之间左右为难,她很难过。母亲绝望地努力着,想要继续他们的对话。她问道,他是不是不会相信,这一切都会随着时间逝去。儿子压低了嗓音,不高兴地说,他们母子俩以前太过于亲近了,总是过着二人世界般的生活。母亲被儿子的话激怒了,她给自己辩解道,她从来没有赖着儿子。母亲向来都很难控制自己的情绪。儿子也愤懑地回应道,两个人不等于一家人。如同此前一样,母亲再次反驳道,这就是他们的命运。儿子捂住了鼻子。母亲偏执地认为,他们就应该过那样的生活,她都已经竭尽全力投入生活了。儿子听了母亲的陈词滥调,感觉令人作呕。他喝光了杯子里的水,挎起双肩包。母亲完全没有理解儿子的意思,还天真地建议,儿子找一天单独来看望她,并且他们可以继续用这样的方式见面,直到他在和女友的新生活中找到平衡点。儿子停下来说,他们以前把彼此捆绑得太紧密了,以后不能再继续那样相处了。母亲歇斯底里地问,他是不是真的要和自己分开。她觉得,儿子的想法一定是他的女朋友撺掇的。儿子对她唯一的评价就是，她疯了。有一瞬间，母亲就像绿巨人一样，想要毁了他的女朋友。母亲依然想握住儿子的手，但儿子不再愿意了。母亲鼓起勇气说，他们俩应该再好好聊聊。儿子回答，他已经是成年人了，要过自己的日子了，母亲曾经养育他的方式是完全不负责任的。母亲问道，是谁给他灌输了这些混账话。儿子不假思索地回答，这是他自己的想法。母亲忍不住说，他一定是从别人那里听来的。儿子说，如果母亲坚持认为，他没有独立思考的能力，那也是母亲的问题。因为她没有教导他是非对错，而她自己就是一个不讲道德的人。母亲委屈沮丧地说，儿子已经不再是自己认识的那个儿子了，还询问他到底遇到了什么事情。儿子不耐烦地站起来，说自己没有时间再浪费在她身上了。母亲疑惑地问道，她要怎么样才能联系到他。儿子说，自己会打电话来的。母亲不再信任他了。儿子连再见都没说，就离开了咖啡馆。

母亲依然坐了许久，任由思绪翻腾。瓶子里的大部分酒都是她喝的。她就是不能理解，这么好几个月的时间里，她怎么就没有发现那些危险的信号呢。如今，母亲已经彻底看清楚，儿子身上到底发生了什么样的变化。他的言行举止就像一个虔诚的教徒，被要求断绝一切亲友关系，丢掉以前接受的教育和规矩，抛开原来的价值观。他的个性被抹杀了，他中了美人计，被重塑成了一个听话的工具人。儿子可能是在斯特霍耶步行街上遇到那个女人的，觉得好玩就和她做了一个性格测试。正是这个测试将他引入了一个伪科学的世界，诓骗他只要一招就能解决生活中的所有难题，还告诉他有一种科幻小说和佛教里才有的药水，包治百病。儿子故意让母亲误以为，科学论派的那个女子是自己的女朋友，因为他知道，母亲对科学论派是强烈反对的。在母亲的理解中，儿子对她的愤怒是他情绪失控的最初表现，他已经屈从于那个宗派了。母亲曾偶然研究过宗教心理学，这也是广告心理学的一部分。所以，她完全不能原谅自己没有早点发现儿子的激动和崩溃，明明这一切就发生在她的眼皮子底下。

母亲困惑了，她的家庭教育里到底有没有教给儿子价值观。母亲回想着，儿子对她的指责实际上不一定都是对的，她不应该表现得那么夸张，也不能就这么眼睁睁看着，儿子能否自己找到一个比他们以前的生活方式更好的活法儿。她扪心自问，自己的难堪只是为了表达不想让儿子离开自己，希望他永远属于自己。对于儿子的离开，母亲感觉就是儿子被再一次从自己的身上剥离。母亲太深爱自己的儿子了，几乎到了爱慕的境地。对她来说，儿子就是她人生的一切。丈夫或情人可以分手，但是和儿子不能分开，这是她的唯一。母亲对儿子的依赖，使儿子失去了成熟的独立人格。她震惊于儿子的离经叛道，他没有自己的信念，所以轻易就被科学论派蛊惑了。母亲已经不能相信自己了，她眼前的儿子已经不再是自己的那个孩子了。她明白了，自己拥有的那张孩子光彩照人的相片只是投影和念想，自己家的孩子总是好的。母亲强烈怀疑，她把孩子培养成了一个自以为是的人，什么都让他自己决定，对他想做的一切总是报以支持态度。母亲开始对于给予儿子无限自由的正确性感到怀疑，她不知道这一切是否仅仅是自己的幻想，是不负责任的父母自欺欺人的逻辑自洽。母亲自问，和孩子一直住在一起，像美联储和美元的关系模式一样生活，承担各自作为家庭成员应尽的责任，这样是不是会对孩子更好。母亲终于确定了,她并不了解自己的儿子,她看到的那一面,只是她自己主观上愿意看到的儿子的样子。

她不再只是母亲,成了一个独立的女人。这个女人不再沉思,开始尝试在工作中寻找答案。她遇到的所有事情突然就都成功了。她摆脱了生活中的那潭死水,找到了新的灵感和激情。她享受着领导者的自信,成功完成了初创公司历史上的重大项目:为嘉士伯公司新款啤酒做推广。她负责了路演活动的所有内容,包括货品、徽章、T恤衫、开瓶器、酒壶、烟灰缸等。正如心理师们对父母所建议的,这次路演活动顺利帮助她把注意力从儿子身上转移开了。女人一再告诉自己,儿子过得很好(即便她自己内心深处并不这么觉得),除此以外,她还能期待什么呢?她作为一个母亲,又能如何评价自己儿子的人生呢……

敲钟人

他站在浴室的洗手池前（浴室就在禁闭室里，这孩子们就放心多了），用肥皂把双手每个地方都抹到。他在水龙头下面把肥皂泡冲掉，但是他忘了开水龙头。然后，他同样认真地把手擦干。这双手陪着他度过了青少年，又帮他养家糊口。它们的使命已经完成了，也不能再保护他了。岁月把粗糙的皮肤磨平了。手指都变窄了，也不像原来那么灵活了。无名指上的婚戒已经戴了很久，现在也有些松了。

他仔细观察自己的掌纹，纵横交错的纹路是人生历程的神秘展示。他用大拇指在手掌上摁过，使掌纹消失，打发时间。他多么希望可以重新来过，重画一张新的人生旅程地图，重走一遍人生路，而不是像现在这样越活越回去了。他想放下那些生命不能承受之重。

孩子们突然站在他面前，这是怎么回事？他们是怎么穿过那些锁住的门进来的？是工作人员带他们进来的吗？他们走到他身边，围在他的身边。孩子们高大魁梧，他们可以一把把他抱住，显得他又瘦又小。他有点老缩了，离地面更近了一些。他以前当海员的时候充满了活力，那时候他就常说，要适应当时的味道，如今也是这样。

他们站在房间中央，看上去神清气爽，眼镜片上蒙了一层水雾，脸色偏深棕色。他们在这个时间出门长途旅行，都算不上是暑假。旅行回来后就到这么寒酸的住所来看望自己，这让他有点尴尬。他张开双臂回应他们，以此为住所的简陋拮据表示歉意。他还没来得及回过神来，他们早已把外衣脱了，放在床上，把房间弄得更乱了。

他们还带了巧克力，整整一大盒用玻璃纸包好了，放在床头柜上。在这个新环境里，大家还是记得，他一向都是那个甜食爱好者。随后，乌夫让他坐在那个硬扶手椅上，为了让他们觉得高兴，他乖乖照做了，毕竟他们刚刚大老远从那么暖和的地方回来。他出不去，他们却进得来，这事儿一会儿得让他们好好解释一下。

他也没有什么可以给他们的，毕竟他只是暂时住在那里，屋里没有什么像样的东西。他只得尽可能做好自己，这是他在当兵露营的时候学到的，在没有个人装备的情况下维持状态。

莉莉安把咖啡从暖壶里倒出来。他坐在扶手椅里面，接过一杯咖啡，咖啡杯碟里放着三块手工烤制的曲奇饼干。他把曲奇饼干都吃完了，等着听他们给他讲讲度假的事情。他很愿意听听，他们去看到的外面的世界是什么样的，这是现在的他难以企及的了。而他自己内心的秘密时空旅行，是无法被代替的。他们并没有给他讲度假见闻，而是给了他一张彩色照片，上面都是异域风情的风景和建筑。他特别注意看，照片上都有哪些人。他们和国外的环境不是特别相称，穿着鲜艳夏装的他们看着也不像平时的样子。

乌夫说，他不能把咖啡喝完。他摇了摇头，难过地剩下了一些咖啡在杯子里。他们都坐在餐桌边，离他特别远。莉莉安又给他递了好几块曲奇饼干，他都接过去了。她是个好女孩儿，是乌夫的贤内助。乌夫和他母亲一样，对这个世界太敏感了。

莉莉安说道，爷爷，最近过得怎么样，是不是都还过得去。然后，乌夫清了清嗓子说，他很快就不需要再住在禁闭室里了，等他用回了自己的东西，会舒服很多。他也完全是这么想的。他早就做好了告别这里回家的准备了。可是，然后，就没有然后了。他们又继续聊度假的见闻，乌夫能够放下工作、彻底放松有多好。孩子们这次没有一起去度假，幸亏他们差不多都是大人了，可以管好自己的学习，自己在家吃莉莉安准备好的放在冰箱里的手工肉丸子和比萨。乌夫说，他们应该再多出去旅行走走，旅行使他们远离了工作的压力，看上去状态确实很好。

他还没反应过来，床上的外套已经没了，他们走了，但是没有带他一起。这就像是他迷瞪了一下，然后就什么都没有了。他努力回忆乌夫的话："你很快就不需要再住在禁闭室里了。"那难道不是说，他可以回家了吗？难道还能有其他的解释吗？突然之间，他变得不确定了，甚至怀疑乌夫他们到底有没有来过这里，这一切会不会只是他自己的一场梦。可是，乌夫说过的话，他是应该可以相信的啊。乌夫的性格是不会多言的，有什么事情都放在心里。他显然是误会了当时的情况。他们不是来接他回家的，就是来探望他。这是完全不同的两回事，爷爷。

他感到一阵眩晕，赶紧扶住了洗手池。他不知不觉闭上了眼睛，做了几次深呼吸，调整状态。当他再睁开眼睛的时候，自己也不知道在水池边站了多久，也想不起来自己为什么要到浴室里来。就在他直起身来想朝着门的方向走过去时，他看到镜子里有一个人。他认不出那个人是谁了，但是这个陌生人有一对耳垂很厚的耳朵，下嘴唇有点往外噘。他的整个轮廓不是特别清晰。他最多可以看出，那个人既不是老人，也不是年轻人，反正肯定不是上了年纪的人。他不能完全确定，那个人是离得很远，还是站得比较近。但可以确定的是，他明显在浴室里面，白色的瓷砖和碎屑纹理的地面就是证据。男人看他的眼神带着疲态，站在那里莫名其妙地挥动着手臂。

"走开，丑八怪。"他像孩子对着大人那样说道。

"你不该在这里。"卡尔威胁他。那个男人模仿他，攥着拳头威胁他。他的无礼使得卡尔怒火中烧。肾上腺素也发挥了让人年轻有力的作用。

"你想打架吗？"他喊道。那个男人又用无声的唇语讥讽他。

"再走近一点。这个距离咱们还打不到对方。"他朝空中出拳，随时准备开打，情绪越发激动。

"人渣，驼背，敲钟人。"他停住了对着影子的击拳，放下了手臂，心想：难道镜子里的人是《巴黎圣母院》里面的敲钟人吗？这是他的第二自我吗？他是有血有肉、真实存在的吗？

终于，他找到了摆脱他的机会。他又变成了那个小城里中规中矩的公民，回到了自己的家里。他盯着镜子里的敲钟人，举起拳头砸了过去。他的攻击换回唯一的"回报"，就是一块青紫色的伤痕，还有手腕上的疼痛。敲钟人朝他做着鬼脸，模仿他的小动作。他希望对方可以消失。他不想在镜子里看到这个无礼的家伙。他不喜欢有个陌生人在自己跟前。他抓起淋浴间里的坐凳砸向镜子，想要摆脱敲钟人，但是胳膊却不听他的使唤。他坐在凳子上哭了起来。浴室里只有他一个人，很安静，泪水如泉水一般，从巨大的苍白空虚中涌向他的脑海。他突然站起来,面朝镜子,却再也找不到那个陌生人了。敲钟人可能又占据了他的身体,这样的想法使他感到恐惧。正是这样的想法让他站了起来,就像突然被人推了一把似的。他刚站起来,敲钟人就回到了镜子里。他看上去像一个草根,令人沮丧。他又崩溃了,朝他大喊大叫,用最粗鲁的脏话威胁他。这样的循环简直是一场噩梦。每次进入浴室,这里都是一个崭新未知的地界。在浴室里,镜子、敲钟人、洗手池、光滑的黄色肥皂和水龙头都是陌生的元素,每一次场景中它们都会有新的含义。

他要确保,他和镜子里的敲钟人同在的这个神圣大厅,在保安到来之前彻底打扫干净。"保安的到来",那庄严的话语并没有从他的头骨里传出来,而是堵在那胶着的脑浆里,那是一团由细小到难以察觉的血块或出血口组成的皮革。

到了他这个年龄和状态,生活已经不再是一种"当然",而是一种"意愿"。直到现在,他也没有丢掉自己的生活方式。虽然他已经记不得人们每次来看望他的时间,但是只要有人来看他,他还是能认得出自己的爱人。只是,这么久的时间就像流水般在友好的女士们中间奔流而过。他,这个敲钟人,却并不懂得如何悉心照料她们。他有的就是一张嘴,最狠辣的罪犯都能被他说红了脸。

不过他这个懦夫,在孩子们面前可不敢乱说。在孩子们面前,他就伏低做小。他本来还想问,自己什么时候可以从禁闭室回家。自从住进养老院,他就一直在练习问这个问题。他在地上来回走着,大声重复这个问题,直到找到重音的正确位置:何时?

因为一开始的决定是,他们度假回来,禁闭就结束了。但是他们这次的探望时间太短了,时间一下子就过去了。他还没有来得及把问题提出来,和他们好好聊一聊,他们就走了,而且都没有带他一起走。是的,没有带他一起走!他多么希望家里有个人会读心术,可以接收到所有他没能说出口的话。这些词句在一片混乱中抓住他的内耳,发出摩尔斯电码式的信号,只有其中一小部分能够传到他的嘴唇上。

他向敲钟人鞠了一躬,他也礼貌地回应了。敲钟人不耐烦地小步走开了。在他毫发无损地回到他的钟楼之前,他是不会安静的。他自己小的时候,也和敲钟人一起敲过钟,还把教区说成了集市。他原本想偷溜出去,把敲钟人留在原地,让两个人变成一个人:第一人称单数。但是,一旦他转过身去,敲钟人立刻就开骂各种脏话。于是卡尔内心压抑的愤怒爆发了,他举起凳子,准备扔向镜子。

"索伦森,你在做什么?"一位正在值夜班的友好的女士问道。

"是敲钟人。"他疑惑地看着她。

"是的,可能是有些什么东西。"她机敏地回应道,接过凳子,把它放回了淋浴间。卡尔不自觉地笑了。

"你最好跟我来。"她牵着他的手,拉着他走到走廊里,走进了禁闭室。

"你又笑了,挺好的,"比尔吉特说,"刚有人来看过你。"

"已经过去很久了。"

"不是的,就是今天下午,你儿子和儿媳妇来的。"

"意大利?"

"我不知道他们去了哪儿。"

"家里？"

"他们没有告诉你吗？"比尔吉特在他的床沿坐下来。

"事情可能暂时还没决定吧。"她继续说道。他从裤子口袋里掏出一个甜点勺，递给她。她接过勺子，很专业地在他的膝盖骨上敲了一下，他的腿做出了膝跳反射。

"看看这些反应。"他用缓慢单调的声音自豪地说，听上去都已经不像他自己的声音了。

"……没什么问题。"她一边补充道，一边拍了拍他的手。测试他的本能反应是每天晚上的规定动作，也是给假想的评估师证明，他的自主神经系统运转正常。

"我……"他丧气地把手放在脸前面挥了挥。

"你想说什么？"

"不是……"

"你说好了。"比尔吉特整理了一下枕头。

"敲钟人。"

"你说的这个敲钟人到底是什么意思啊？"

"教堂的敲钟人。"

"我过会儿再进来，看你有没有睡着。"

她摸了摸他的脸颊，向门口走去了。看着她离去的背影，一句脏话又脱口而出。那个驼背的敲钟人又控制住了他，继续违背他的意愿，咒骂工作人员，用挑衅的词语劈头盖脸地羞辱这些女士。这样的话他自己平时是绝不会说的，那个捣蛋的人抽身离开了，留下他面对屈辱的训诫和斥责。就连比尔吉特也没法阻止敲钟人时不时的骚扰。

"过会儿，我还是会进来看你的。"她说完就走了，留下他独自一人。他跟着她走到了走廊上。她已经走进了另一个房间，找不到了。他失望地坐在一把扶手椅里，茫然地等待着，整个人被一种消极的状态和空虚的氛围完全包围了。

有人把他从扶手椅里搀起来的时候，他被吓了一跳。他害怕地瞥了一眼，一时间竟不认得身边的人，也分不清自己在哪里。

"我是比尔吉特。"一张温柔的脸庞出现在他眼前。在这个破败冷清的地方能见到一个认识的人，他很感激。

"我们回去之前，你要不要去趟洗手间？"她一边说，一边扶着他站起来。他一把推开了她。

"敲钟人。"他偏执地厉声说道，同时指着浴室的门。他像一个不知所措的机器人似的，迈着僵硬的步子走回禁闭室。比尔吉特跟在他身后。这个沙漏形身材的小个子女人是他有力的精神支柱，是将他和其他人连接起来的纽带。每逢她休息的日子，他就整天睡着，不吃也不喝。但是，他不应该抱怨那个敲钟人，那个不知道感恩的人渣、镜中魔鬼。现在是一个充满关怀的女人在照顾他。

"索伦森，是什么困扰你呢？"比尔吉特一边问，一边帮他脱下室内鞋。他和衣躺下，她仔细地给他盖好被子，和他道晚安。他没有回应。

"需要我握着你的手吗？"她问。他向她伸出手去，轻轻叹了口气。他窝在被子里，被裹得严严实实的，显得弱小又充满信任。

"我只能在这儿待一会儿，不过时间也可以相对稍微长一点。"比尔吉特在他的手上轻轻拍了拍，说话的双唇动起来像晚间祷告的时候一样。

他慢慢陷入了沉睡，一夜无梦。醒来时，他独自一人身处这个空无人烟的世界。不过，随着上午时间的流逝，这个世界会逐渐被意义填满。他睡眼惺忪地走进浴室，在洗手池上面的镜子里又看到了敲钟人。他直勾勾地盯着他的眼睛，敲钟人也以凝视回应他。但是，他没能认出来，这就是另一个自己。他看到的就是这个敲钟人，害怕得一动不动。

他的脑子已经不灵了，它已经不再是一个优秀的盟友了，不能再帮他面对困难危险的局面了。所有的想法都是独立分开的，它们没有组成具有建设性的组合，而是演变成了毫无章法的一盘散沙，令人恐惧。他的腿不听使唤，整个人也动不了了。他就像一台坏了的机器一样定定地扎在地上，像一幅没有内容的画作。

水流的声音使他回过神来。他敏锐的听觉变得过分敏感了，尤其是高频的声音，会让他抓狂。但是这婉转的声音能让人安静下来，就像一块大浴巾舒服地包裹住了身体。他坐在花洒下的凳子上。细细密密的水滴向下流到他身上，就像《圣经》的避难所里的慈善。他的双手撑在膝盖上，身体上下起伏。他那双宽厚的干活儿的手就像一副暖和柔软的护膝绑在裤子外面。

他眼神直直地看向自己，就好像有人要求他直接看准相机镜头一样。他没有发觉自己还穿着衣服，也没有察觉自己的衣服都已经湿透了。他所感觉到的，就只是清澈的泉水像夏天温柔的雨水一样打在冰块表面。他一直坐在凳子上，沉浸在宁静祥和的状态中，仿佛他已经抵达了永恒之境。要不是有一位女士进来把花洒关了，他应该可以在那个巨大无尽的虚空境界中一直待下去。

"我们肯定得把湿衣服先脱了。"她匆忙地说。他表现得很不积极，状态很游离，也不知道他到底有没有看到她、听见她的话。除了比尔吉特，他从来不和工作人员交谈。他不认识他们，也不想让他们了解自己。他对他们的抵触和对养老院的抵触是一样的，他坚持这种抵触心理就像在坚持自己的信仰。因为，只有这样，他才能向自己和周围的人强调，他住在养老院只是暂时的。

当她想帮他把湿透了的针织衫脱下来时，他朝她粗暴地发起了脾气。经过了很长时间的努力，她终于脱下了一个衣袖。她没力气了，只能出去找帮手，临走时把房门敞着。

片刻间，他已经完全忘记了那个女人的存在。他站起来，挪动着僵硬的膝盖，艰难地往外走。在他找到平衡之前，他站着的时候还有点摇摇晃晃。他走了几步，站在洗手池旁边，低头注视着，好像要研究那里面到底是什么东西，有什么用处。他抬头看向镜子，上面蒙了一层淋浴后才有的雾气。

当护理助理带着一个年长些的同事进来时，他仍旧怅然若失地站在模糊的镜子前。

"本来有可能会更糟糕。"她迅速给眼前的情况定了性。他全神贯注地站在镜子前面，背对着她们，等着敲钟人现身。

这两个壮硕的女人从后面抓住他，架住了他的两个胳膊。一种幸福的感觉贯穿了他的身体，他隐约想起了学生时代的大个子女生。他任由她们快速地拖着他回到禁闭室。那两个女人把他丢在地上。年轻一点的那个从衣柜里找出干净的干衣服，年长一点的就开始帮他脱掉身上的湿衣服。

"我们要照顾好你，不能让你着凉了。"她说着，深吸了一口气，用力帮他把裤子脱下来。他不开心地摇了摇头，但还是让她们继续把衣服都脱了。他整个人光溜溜地站着,冻得发抖,牙齿都在打战。

两个女士用一条大大的白色浴巾帮他擦干擦暖和,给他穿上干的衣服。先是内裤和衬衫,然后是秋裤和灰色带口袋的休闲裤,最后是玛塔亲手织的拉链针织衫。

"现在这样就又很好啦。"那个年长的女士说着,飞快地走了。年轻的那个姑娘把地上的湿衣服都收了起来。他就只等着她离开,这样他就能自己一个人待着了。

他坐在桌子旁边,感受着自己的每一块肌肉、每一个关节。他的双手手肘抵在桌子上,双手托着两腮大哭。他很伤感,却说不清为何。他只是模糊记得,他自己和侵入浴室的敲钟人是谁。他已经开始像孩子一样,强烈地渴望去敲钟人那里。他所有的个性都能在那个人身上看到,和他一样,一个孤独的人在一个废弃的世界里。

他必须坐下来休息一下,重新攒点儿力气才能走出去。他的脑海仿佛是一个空空如也的桶,每个思绪出现都需要间隔很长时间。他想起了回忆场景的碎片,那些逝去的午后和傍晚,有些光线昏暗,有些又像在聚光灯下。他想到了舞会的片刻,还有自己的困惑,有权力的拨弄,也有自卑的情绪。这些难以辨认的画面都来自那个不再属于他的时代,就像他的孩子们一样,把他一个人丢下,让他感受到了一种崩塌毁灭的沉痛心情。

那天的晚些时候,他喝完了下午茶,在暮色中经过走廊的另一侧,走进了浴室。浴室的灯永远是开着的,门是不能从里面锁上的。他在镜子里又遇到了敲钟人,在他眼里,敲钟人不再是另一个自己。他内心涌起了一种过节般的心情,轻轻鞠了个躬,他的问候也得到了相应的反馈。

"你知道吗？我也想表现得好一点，让所有人都满意。但那样的话，我就不能来找你了。你总是那么倔强，肆无忌惮。可是，我们不能合作吗？不能和谐相处吗？"敲钟人摇了摇头，却没有说话。

"我希望，当我离去的时候，可以留下一个良好的印象。你可以帮助我修复我的形象吗？"敲钟人再一次摇了摇头。

"除了我伸出的手，我再没有其他什么可以当作一个开端。也许，你可以从另一面评估现在的状况，看到一些闪光点。现在他们说，我要搬走了。那就只能意味着，我要搬回自己家了。我没有其他地方可以搬的了。"敲钟人第三次摇了摇头。

"那我只能向你点头致意，谢谢你总是站在我这边，保护我免于他们的控制。尽管你的举止粗鲁了些，你也还是为我着想，算得上一个真正的朋友。"这一次，敲钟人点了点头。

"或许，我从现在开始可以学着和你共处。"敲钟人再一次急切地点了点头。

他们之间无声的联系，就是心灵感应发挥作用了。他想象着，自己和镜子里的敲钟人一起消失在镜子后面，在候鸟归来之前，一同在春天耀眼的白色日光下，在蒙着冰霜的坚硬土地上散步，在白杨枝搭的屋檐下坐着吃随身带来的便当。他向敲钟人点头微笑，敲钟人也回报他以点头和微笑。他认为，这是对他为两人相互和解祷告的接纳，是他们友谊的象征。

一阵莫名的疲惫感席卷了他，就像一番竭尽全力后终于争取到了圆满结局。他任由自己就那么躺在地上，以手为枕地睡着了。

他在洗手池边睡得又香又沉。后来，值夜班的工作人员走进浴室发现了他。

"喏，你藏在这里啊。我们都害怕你走了呢。"她松了一口气，把他从地上扶起来。

"你是突然就累了吗？"她亲切地问。他眨了眨眼睛，用手背把鼻子擦干。

"你要是现在进来坐好，我就可以去看看还有没有多的开口三明治。"比尔吉特说。他摇了摇头。

"那你至少可以喝点儿果汁。"

"不要。"他严肃地回答，跟着比尔吉特走到了走廊里。

"你真的不想吃点点心吗？"她又尝试着问。他点点头，又摇摇头。然后，她继续往前走。他走进房间，坐在床上，等比尔吉特端来一杯果汁，接着，像完成任务一样一饮而尽。

"来。"他带着自己仅剩的老人的威严说。

"你想给我看什么？"她和气地说着，跟着他走进了浴室。

"敲钟人。"他指着镜子里的自己说。

"你又不是什么敲钟人。你是一位受人尊敬的长者。"她挽着他的胳膊，看着镜子，镜子里的他们就像一幅双人画像。他挣脱了她。

"敲钟人。"他指着镜子重复道。他指的是他自己。

"我。"他说。

"这是谁？"比尔吉特指着镜子里的他问。

"敲钟人。"他回答。她看着他，忍不住笑了。

"敲钟人？"

"敲钟人。"他高兴地点了点头,自己终于说明白了。

"好,那么欢迎你,很高兴见到你。"比尔吉特冲着镜子挥手。

"帅气的男人。"卡尔说。

"他有时候是不是有点暴躁?"

"是朋友。"卡尔说。

"患难之交。"她马上说。笼罩在他心头的乌云,在微弱的希望中消散。

"点心。"他笑着对她说道,就像在邀请她跳维也纳华尔兹似的。

"给你拿点心。"

"来吧。"

"也对,你最喜欢孜然奶酪。"她说着就往厨房走去了。

"你很快就要搬走了。"她说着打开了冰箱,拿出奶酪。她转过来看着他。

"你就可以用自己的东西了。"她继续兴奋地说。他没有反应,看上去好像并没有听明白她的话。

"你是在这里吃,还是回自己房间吃?"

"比尔吉特?"他困惑地望着她问。他的眼睛突然亮了,就像快要熄灭的火焰中最后的火光。

"我的朋友,我在。"她说着,牵起他的双手。他牢牢记住了她鲜艳的毛衣、牛仔裙、低跟靴,还有她的马尾辫和亮晶晶的耳环。单独看这每一样东西是认不出这个人的。

"多久了?"他问。

"才一小会儿。"她说着又不禁莞尔。

"我的时间……到了。"他努力地把每个词说出来。

"时间还会继续的。"她说。

"那是未来。"

"你让我想起了我的外公。我想他了。"比尔吉特看向远处。

"好姑娘。"他说着,摸了摸她的脸颊。

"你没吃你的点心。"她害羞地说。他用力摇了摇头。

"那我自己吃咯?"

"好。"他不耐烦地回答。他想回禁闭室了。

"我过会儿来的。"比尔吉特说。她在养老院宽敞的厨房里显得很小只。

他迈着大步走在走廊里,他没有回到自己的房间,而是自然而然转身走进了敲钟人在的浴室,他准在镜子里等着呢。他站了很久,观察敲钟人。敲钟人并没有那种不屑一顾又粗枝大叶的样子,这让他对自己的无力得到了解脱。敲钟人曾经为他战斗过,保护他免受权力控制,但是失败了。他输了这场战役,可以放下武器,痛哭流涕。

"再会,"他说,"还有,谢谢。"

第三章

驱逐

艾伦第二次来到了同一个火车站的同一个站台。这一次,她带着大包小包,那些都是必须带的圣诞礼物,她甚至怀疑是不是买得太多了。乌夫把车停在火车站的另一边等着,他身边坐着的是莉莉安。他们比上次见面的时候看上去更魁梧、更强壮了。可是随着年岁的增长,她自己反而越来越瘦了,头发也越来越稀疏,还好发色还算保持得不错。她的颧骨很高,肩膀很宽,手也比较大。她用一种性感的力量摆动着四肢,仿佛置身于聚光灯下。她的外表仿佛没有经历时光的洗礼。那身旧旧的二手羊羔皮大衣、羊毛头巾和皮靴,使她看上去就像是刚从巴黎公社还是苏芬冬季战争的现场直接回来的。她要在家里住一晚上,这种不习惯的感觉完全像是接待一个外人一样。她还得思考到底要不要在自己小时候住过的家里过平安夜,毕竟她已经离家三十五年多了。想到这些,她紧张得都快被自己绊倒了。

乌夫向她招手,示意她坐到后排座上,和他们的两个孩子在一起。在她的印象里,那两个孩子还只是小宝宝。她对乌夫的儿子更感兴趣,马上就开始在他身上找他和卢讷的共同点。毕竟他们是表兄弟,身体里流着相同的血液。

"你几岁了?"她问道。

"阿朗,醒醒了。"乌夫在前排座大声说。

"你说了什么？"

"你几岁了？"

"十八。"

"那你喜欢你的妈妈吗？"

"你是什么意思？"阿朗摇了摇头。她不再继续问下去了。

"平安夜坐火车的人应该很多吧？"乌夫问。

"我很早以前就把座位票订好了。"

"我从年轻时候起就没怎么坐过火车了。"莉莉安说道。

"现在坐火车已经很方便了，和坐飞机差不多。"

"我可受不了坐飞机。"莉莉安说。

"你要是想去看看外面的世界，就不得不坐飞机。"乌夫说。

"泰国怎么样？"

"爸爸全都拍视频了。"伊达说。

"你知道普吉岛吗？"阿朗问。

"不知道。"

"那里是潜水天堂。"他说。

"在水下难道不会觉得难受吗？"

"我愿意永远待在水下面。"

"阿朗，你可不能这么说。"莉莉安说道。

"我的意思就是，水底下的世界比地面上的世界漂亮多了。"

"我们到了。"乌夫打断了他。

"孩子们，当心灯泡和巧克力糖果。"莉莉安艰难地挤出车门。

"他看上去好像已经习惯待在这儿了。"乌夫安慰道。

"他有别的选择吗?"她说话的语气比自己实际的意思更尖锐了些。

"这个事情就这么定了。"乌夫看上去疲惫又恼火。

"你们到圣诞节都很忙吗?"她努力想缓和气氛。

"是的,一直忙到最后一刻。"

"事情太多了。"莉莉安摸了摸他的后脖颈。他们俩马上就要到银婚的年纪了。艾伦有一种奇怪的想法,就是他们所有人实际上都已经死了,他们只是活在父亲的幻想中。那位老战士是唯一还活着的人,而他们都只是一种复制品,在需要的时候被创造出来,由他的意志进行远程操控。

乌夫和莉莉安走在前面,两个孩子跟着他们。她并不嫉妒家人们。只是在某种程度上,阿朗让她想起卢讷,这总归使她心里有种刺痛的感觉。她几乎都已经不记得,他们俩有那么多相似之处了。他们走路的样子、最后一个重音的停顿、穿运动鞋不喜欢系鞋带都很像……这就像是看到卢讷在面前,几乎就和在他身边一样。

"你说什么?"乌夫把手搭在她的肩膀上。

"不好意思,我走神了。"

"思想又不必缴税。"莉莉安说道。他们站在养老院的前厅。这里装点着圣诞季的绿植和玫瑰花,还有一棵高高瘦瘦的圣诞树,树上挂满了白色的蜡烛,顶上是一颗金色的五角星,上面就是全景天窗。钢琴放到了前厅中央的立柱前。

父亲已经不再住在二楼了,而是搬到了入口左边走廊尽头的房间。禁闭期结束的时候,乌夫和莉莉安想办法帮他争取到了养老院里最好的房间之一,比禁闭室更大,环境更好,而且用了他自己的家具布置。以前,起居室里的挂画和那些普通的油画都是她童年时候的精神家园。这些画都暂时放在那张小写字桌后面的地上。母亲以前总是在这张写字桌上算账,在这儿度过了很多个漫漫长夜。桌上铺着绿色的手工桌布,上面摆着圣诞装饰品。乌夫说的是,父亲住在这里很好,就像住在三星级酒店一样,有独立的卫浴,有专人照顾,窗外还有绿植风景。

乌夫在父亲面前是如此渺小又装模作样,就好像他要保护自己,免受父亲持续的暴怒所带来的令人痛苦的强大力量。他再也不是以前那个整洁、谦逊的人了,这使乌夫心中充满了难以抑制的愤慨。父亲已经达成了自己的意愿,可以像禁闭期时一样,继续自己待着,不需要参加集体活动。父亲从养老院跑出去的事情自然是不会告诉他的亲属的。

艾伦对这个地方的恐惧就像罪犯害怕案发地点一样,然而,她同时也被这个地方所吸引。她一迈进这个邪恶的地方的大门,就立刻马上跌进了记忆的黑洞。她的脚步细碎轻盈,看上去似乎脚不沾地,她都快隐身在黄色的墙壁之间了。正是这些墙壁,在她的默许之下,禁锢了父亲。

她在一个半月之前心血来潮来了一次养老院。从那以后,她便开始站在一个完全不同的、几乎是虚构的角度来看待自己。她是一个深爱父亲的好女儿,和他的关系非常亲密。与此同时,她也是那个使他沦陷在这个新生的"集中营"里的帮凶。换言之,她是一个深度分裂的人。最开始的时候,她在心理上总觉得这里不对、那里不对,现在却已经着实被自己的牢笼禁锢住了。考虑到实际的原因,她已经书面表示,由乌夫代表父亲处理事务。所以,这样的结果就是:她没有乌夫的同意,是无法把父亲从那个糟糕的"老人之家"里接回来照顾的。那样做会很漂亮，很像女儿的样子，而不是这样的不堪的狗血剧，都脏了她的手，永远都洗不干净的那种。她怎么能用一页纸就把自己对父亲的责任推卸了呢？她怎么可以如此轻率，对父亲最后的人生丝毫不在意呢？养老院压抑的氛围几乎要让她窒息，这样的感觉不仅出现在她自己的童年里，在她之前和以后的孩子们也都有一样的感受。她一直站在父亲的所谓"三星级"的房间门口，心里却希望自己从来没有被生到这个世界上来过。

他看上去完全正常，就和进养老院的禁闭室之前一模一样。他穿着一件新的拉链针织衫，脚上是一双新的棕色皮质居家鞋。他坐在桌子边，双手叠放着，头发和胡子都为了过节修剪整理过了。他听见他们来了，就转过身来，用平静的眼神注视着他们。在他的眼神里，既看不到相聚的喜悦，也看不到被禁锢在此的忧伤。他站起身来，挥手让他们进屋。他向他们伸出手臂，仿佛是为了避免他们走得太近拥抱他才这样的。他有意在自己周围空出一圈，用一种令人难以亲近的态度面对他们。他们的到来，仿佛是来自天国的使者入侵了他的领地。他们把这个房间挤得满满当当的，窄小的衣柜根本挂不下他们的外套。莉莉安把所有人的外衣、夹克、围巾都堆在走廊的一把扶手椅上。

"她们把你照顾得真好。"她说着，就开始把篮子里的东西一样样往外拿，有自己烤的姜饼、香草曲奇、肉桂饼干、椰蓉葡萄干圣诞小餐包。她还专门自带了盘子和餐巾纸。乌夫点亮了专门为了圣诞节装饰的长蜡烛。两个孩子倚着门站着。父亲向他们眨眨眼，指了指餐桌旁的椅子。

直到这个时候,他还没有说过一句话。他只是一直微笑着,频频点头,礼貌且疏离。莉莉安让伊达从柜子里拿六个茶杯和杯碟。她自己用暖壶带了咖啡来。

"这可比养老院的咖啡好喝多了,爷爷。"她自信地保证着,想要抚摸一下卡尔的脸颊,可是他扭过头躲开了。表面的祥和之下,战争的气氛暗流涌动。

她就像是这个小家庭的附庸。当他们一起围坐在小小的餐桌旁时,她和父亲没有任何交流。

"爷爷,圣诞快乐。"乌夫说着,举起手中的葡萄酒杯。屋子里的气氛兼具了聚会的热烈和莫名的尴尬。

"我们想邀请你去前厅,和学校合唱团一起唱圣诞弥撒。你不是一直都很喜欢唱歌吗?"

"然后,校长会诵读《新约·耶稣降生》。"莉莉安继续说道。父亲摇了摇头,微笑地看着她,就像听了个笑话似的。或许,他觉得,这样简陋的圣诞弥撒不值得参加。他们无法分清,什么是正常,什么是老年痴呆症的症状。面对他们,他已经完全把自己封闭起来了,彻底放弃了。

"爷爷,你不该坐在这里干待着的。"伊达说。阿朗低着头,怔怔地盯着咖啡杯。他每次都是不情不愿地被带来养老院的。他以前和爷爷亲近,受不了看到爷爷住在这么差的环境里。

艾伦能够感觉到他的不自在。她自己在这样的集体环境里也会不太舒服。她真希望可以和父亲单独待着。她愿意照顾这个被疏忽的人。她一直都对父母隐瞒了真实的自己,因为她确信,如果自己坦诚相待,他们就不会喜欢她了。在这个神圣的夜晚,"宽恕"这个词是打开心扉的钥匙。她以前从来没有认真庆祝过平安夜,还要吃烤鸭,装点圣诞树。她都是让其他人在张罗过节的事儿,制造温馨气氛。她再仔细想了想,自己一生中就没有操办过哪怕一次平安夜。她和卢讷住在一起的时候,他们永远都是被邀请的对象。那时候,他们还没有面临残酷的分离。

她上次见他,还是他们在火车西站偶遇那次。那次,她正在从单位回家的路上,刚刚开完一场让人筋疲力尽的会议。家具行业的一位大佬也参会了,他刚刚在日本的一次销售宣传活动中发表了演讲。当时,她已经都准备带着自己的东西走了。她本来计划回家就直接上床睡觉,至少要睡24小时。她一开始并没有发现,一个年轻人正踩着坚定的步伐向她走来。就在他们马上要撞上的时候,她往旁边侧身让开了。就在他们要错过的时候,她认出了卢讷的眼神。她追上去,拍了拍他的肩膀。他停下来,盯着她看,好像对自己而言,她不是真实存在似的。他呢喃了一句,他很忙,就赶紧往帝国电影院的方向走去了。她不想让他走掉,就求他一起走到电影院的廊厅里,这样他们就不用淋雨了。他瘦得皮包骨头,他的风衣和修身灰色工装裤在他身上都显得松松垮垮。他的脸色看上去营养不良,皮肤干燥且长了好多小红点。他看上去对她很不耐烦。他的眼神很陌生,看上去像发烧时的样子。"和我说说话。"她说完,立刻就后悔了,这样的祈使句已经表明她失去了自己的权威。

他竟出人意料地对她讲了很久,他介绍了科学教和罗恩·哈伯德的学说,他称其为终极选择。按他的说法,以后将不会再有离婚,不会再有像他自己这样没有爸爸的孩子,不会再有不负责任的母亲徘徊在不同的床之间,却把孩子留在黑夜中独自哭泣。她无言以对,只得任由儿子抱怨。她无力招架儿子的暴怒，这不仅仅是他一个人的怒火，而是整个一代人的怒气。她面对冲突时的无力和僵尸般的沉默都印证儿子的断言，即她就是一个不坚定的人，一旦有人对她发难，她就消失了。

在他心里，他们俩的决裂，还有她所代表的，都像书里写的那样：没有边界的相对主义，散漫的自由，对于非正常事物的无限忍耐，对于越界和缺乏边界感的助长，可以容纳一切的空虚，以及信奉无神论的嬉皮士。她能做的只有给他说话的自由。她总觉得自己是一个糟糕的母亲。她越是这样默默承受他的指责，他就越是确信，自己的离开是正确的，只有这样他才能不再被忽视，而她也会在他犯错的时候做出纠正。他们已经没有共同话题了。他们俩现在就像两颗分离的星球，彼此间有几万光年的距离。

他继续以一种激动而和蔼的语气说着，让她能够理解刚刚听到的这些全新的知识。尽管他现在已经不听自己话了，她还是为他能够自力更生而感动。他努力解释科学教就是一种宗教，但这是一个建立在科学知识基础之上的宗教，和其他宗教有本质区别。因为哈伯德发现了"救赎之路"，为人类的自我救赎找到了方法，"那座桥通往全部的自由"。

卢讷说话的样子好像他来自另一个世界一般，现在的他处于一种"先知"阶段。他的"导师"（领路人）通过清理他现世的生活，执行"提前死亡"，来帮助他应对"身心伤害"。他的导师可以整理他的想法，帮他去除痛苦。他可以创造出上千个在地球上或是其他地方都从未有过的神迹。

可是，当他的导师为他做完了所有这些事情之后，他又拥有什么呢？他会变得焕然一新，他会按照自己的愿望，拥有全新的优点，优秀到可以被称为"新人类"。不过，这还不足以说是优秀，根本就和"优秀"还搭不上边。虽然这是新的一类智人，但仍然有很糟糕的地方。新人类依然局限于自我决定论，这源于社会经济、社交方面不合理的限制。他还是需要食物、衣着和庇护。如果太冷了，他会死。如果缺氧，他也会死。为了保住自己的三平方米房间，他必须努力争取。为了躲过子弹的袭击和拳打脚踢，他必须有警察的保护。和智人相比，新人类更加高级，更接近神。但是同一种真正能够自我决定的人种相比，新人类就像是蚂蚁，随时可能因为别人走错一步被踩死。

她特别想上前拥抱他，打断他的歪理邪说。可是，他周围仿佛有一个难以撼动的圆圈，使她无法靠近。她全神贯注地听着，试图去理解那些陌生的概念。在她的认知里，那些词语毫无意义，就像是科幻小说里的冷僻名词。她不打算提议一起到咖啡厅里喝杯咖啡了。他已经无法触及了。

他毫无预兆地停止了自己的讲话，离开了电影院。她跟在后面，希望可以找到他住的地方。他走到了另一侧人行道上，沿着老国王街走了一小段路，停在了一个大门口。他按了按门铃，门开了，他就进去了。她走到那扇大门口，仔细看着门铃上的铭牌。有一个铭牌上写着：科学教教堂。

家人们从咖啡桌旁纷纷起身。没有吃完的曲奇饼干都收到了饼干盒里，放进了橱柜。被子和盘子都被收走了，在浴室的水池里洗干净了。艾伦努力想说服父亲去前厅参加圣诞活动。从禁闭室搬出来后，他就住进了和这里大部分老人一样的普通房间，只是至今还没有去过前厅。她把父亲安顿在绿色的扶手沙发椅上，自己就坐在一旁的凳子上，一看就知道他们是父女俩。她没有说话，只是轻轻地拍他的膝盖，就像小时候那样。后来，那个美好的世界就消失了。

"你们来吗？现在要开始了。"莉莉安大声喊道。乌夫和孩子们已经准备要出去了。父亲立刻站起来，跟着他们一起走了，就好像他从来就没有打算错过养老院的圣诞活动一样，反而还非常期待。

前厅里已经有很多老人和工作人员了，大家你挨着我，我挨着你。学校合唱团已经开始唱第一首曲子了，是《钟铃响起》。养老院院长向莉莉安点头致意，还递给她几本赞美诗集，让他们自己分。父亲把自己的椅子往旁边挪了挪，离其他人远一些，在自己的王国里静静地享受着音乐和旋律。艾伦每次听圣诞弥撒曲都会哽咽。那些歌曲会让她想起生命中很多令人动容的事情，也会让她想起自己没有做到或得到的那些美好日常。从青年时起，她就一直努力想要离开家里，到别处去，到更广阔的地方去，到比家里人更多的地方去，那里应该是目之所及，高耸入云，宽广无际。然而，她向往的地方并不存在。从卢讷对她的评价中，她已经学到了太多。

关于自己对这种普通的家庭生活过分敏感的表现，她有一种不舒服的感觉，而更深层次的原因是，父亲必须在一个养老院里度过自己生命中最后的时光。乌夫和莉莉安仅仅是在现状里完成自己应尽的义务。但是，她自己却变成了这个局面的始作俑者。

听到学校合唱团的孩子们天真的歌声，她有些伤感，她一定要在圣诞弥撒正式开始前躲出去。她在别墅外的小路上走了一段。一幢幢别墅散发着孤单的气氛。她很高兴，自己不必住在这里。她宁愿就这样待在外面的马路上。自从过了五十岁以后，她就不再掩饰自己了，这种佯装幸福的做法对她来说已经显得苍白无力了。她一直走，一直走，经过了超市，一直走到了铁路平交道口，才往回折返。

她回去的时候，大家正准备离开。亲属们和工作人员们正在互道圣诞祝福。空气里已经弥漫着脆皮猪排和腌渍红菜头的香味了。乌夫、莉莉安和孩子们已经穿好了外衣，准备开车回家了。他们约定，等她要回家的时候，就打电话给他们，阿朗会来接她。他刚拿到驾照，正想多练练车。她和父亲站在门口目送着他们上车。乌夫发动了汽车，按了三下喇叭，转个弯就开出了停车场。他们刚走，父亲就指着走廊，朝着自己房间的方向说："那里……回去……"

他坐在扶手椅里睡着了。她把那张棕色的毯子盖在他的腿上。然后，她开始用皇家哥本哈根牌瓷器和细长的方形水晶红酒杯布置圣诞晚餐的餐桌，她小时候就被皇家哥本哈根牌瓷器所惊艳了。父亲在睡梦中呢喃，在打了一声很响的呼噜之后醒了。

"你看，我用咱们自己的东西布置了餐桌。"她说道。平时，他都是用养老院的餐具吃饭的。

"你真的不想和其他人一起吃晚饭吗？"她问道。他是唯一可以自己走动但不在餐厅集体用餐的老人，算是个例外。

"不要……我自己的东西。"他毫无感情地重复着，仿佛是在做口语练习。

"妈妈。"他指着窗户说。

"她是在外面吗？"艾伦说。父亲像小孩子一样，用力地点了点头。

"我们要去树下吗？"她提了个建议。他还是用力地摇了摇头。她在凳子上坐下。

"没死。"他说着，在她的下巴那里点了一下，一下，一下，一下，又一下。

她居然笑了，真是太让人意外，太让人惊讶了。这让他更加大胆了，继续这样"点点点"。他们就这样开心地玩着孩子之间的游戏，他又变回了父亲，而她又变成了孩子。他以其引人瞩目的创意和简洁的动作处于领先地位。他温柔的语气使氛围也变得柔和。

她提议，在吃饭前品尝一杯波尔多红酒。莉莉安已经贴心地把波尔多红酒和两个酒杯留在了桌子上。父亲困惑地看着她，好像忘了她是谁似的。当她把红酒杯递给他的时候，他的眼睛亮了。

"我们要不要唱一首圣诞弥撒曲？"她喝光了杯子里的酒，然后又倒上一点。

"你。"他把嘴巴噘成了一个哨子。她开始唱起了《小蜘蛛彼得》。那些简单的歌词就这样从她的口中被唱出来了，几乎是下意识的。父亲跟着音乐哼唱，还用手指比画着跳《小蜘蛛彼得》。

"再来一遍。"当她唱了很多遍同样的旋律之后，他依然还想听。她必须从头开始，好让他能全神贯注地继续跳手指舞。门像往常一样开着，可他们的歌声还是被一阵剧烈而又突然的叩门声打断了。原来是护理人员托着餐盘，给他们送来了圣诞晚餐和一瓶红酒。已经是傍晚六点了。他们还有长长的夜晚可以共度。

艾伦祝护理人员圣诞快乐，主动把盘子放在了铺着红色纸桌布的餐桌上。父亲不愿意坐到餐桌旁。等她在红酒杯里倒上红酒,要举杯庆祝的时候,他才终于走了过来,在她对面坐下。

"一点点。"他笑嘻嘻地说,仿佛是从前幸福回忆的回声。

"现在你可以吃你的脆皮烤猪肉啦。"她一边像长辈一样说着,一边把脆皮烤猪肉切成厚薄合适的猪排。

"没有人可以……全都看见。"他用落寞的眼神望着她。

"吃吧。你不饿吗?"她问道。他没有回答,却把椅子往后撤了些,走到衣柜前,取出了挂在衣架上的大衣。

"认识……他。"他开始用不同的语调不断重复这两个词。她走过去,接过大衣,又把它重新挂回了衣架上。父亲便一直站在原处,怎么劝都不愿意坐回去。她诱导他,威胁他,责骂他,揶揄他,都没有用。最后,她终于放弃了,自己坐下吃已经凉了的猪排。等到该吃甜点杏仁粥的时候,他终于回到餐桌边坐下了。

"我一直在想念你的陪伴。"她说。他笑了,然后就开始吃自己的杏仁粥。他胃口很好,还想再要些樱桃酱。

"我爱……你。"他呢喃道。她用手扶着他的肩膀,用充满爱意的目光看着他。

"我知道,我也爱你。"她努力使温馨的氛围停留更久。

"你还记得你在小酒馆里的演出吗?你戴着头盔,拿着警棍,演警察巴瑟。"

"不要……老说这个……"

"你可以让人开怀大笑,包括那些不认识你的人,这点我一直觉得很自豪。我很骄傲,你是我的爸爸。"她说。他又笑了。对于他所经历的一切,她无从感知。她只知道,这些都不是可以用语言表达出来的。从孩提时代以来,她就再也没有感觉和他如此亲近过。那不是一种孩子般的感受，反而在更大程度上是一种人格和地位上的平等感受，超越了所有的等级和领域。他们一样大，一样小，一样笨，一样厉害。他们俩同频共振。她仿佛重生了，无忧无虑。父亲把杏仁粥吃完了。

"这……那儿。"他说着，指指自己装着猪排的餐盘，而她刚把那餐盘挪到旁边。

"猪排已经凉了。"她想劝他别吃了，但是他一定要吃。她便遂了他的意。这是他们情感恢复热络的表现之一，那就是没有禁忌，没有对错。他一边非常用力地把土豆捣成泥，和棕色的酱汁混在一起，一边自己嘟嘟囔囔。

"……最后……一次……"

"最后……一次？"她说。他露出了笑容，又开始对着墙唱起了《小蜘蛛彼得》，把土豆泥抛诸脑后了。

"吃吧，我的小猪，明天你就要被宰了。"她又倒了更多的酒。

"猪……"他笑容灿烂地说道，那古老的旋律和歌词就像一种能够揭开钙化了一般的迷雾薄纱的神奇力量。

"彼得·马蒂森在冰上救了小猪。冰化了，猪跑了，小彼得·马蒂森也逃了。人们在汉森夫人的地窖里可以买到猪肉丸子。如果买了鸡蛋，就不可以捣蛋。如果买了果酱，那就不能讥笑。"为了让他高兴，她就一句一句地给他念歌谣。

"小特黎乐躺在架子上，小特黎乐又从架子上摔了下来。在这个国家里，小特黎乐谁也帮不了。"他又接着念了一段，一边还用食指戳她的鼻子。

"啊呀，爸爸。"

"啊，啊，啊。"他用手指小心翼翼地点了点她的脸颊。他的酒劲上来了，心情大好。她把最后一点酒倒给了父亲。

"小……莉瑟。"他说。

"睡吧，小莉瑟，睡了觉就能长大了。你睡着的时候，妈妈会陪着你。"她轻轻地哼着。

"不对……莉瑟。"他用手敲了敲桌子。

"哪个莉瑟？"

"妈妈。"

"妈妈叫玛塔。"

"莉瑟。"

"小姨是莉瑟。"

"不是……小姨……妈妈。"

"她是大姐。"

"妈妈。"

"我不想听你胡说八道。"她突然觉得，他是在利用这个机会，用自己的痴呆症告诉她一些事情。

"如果你没法表达清楚，让别人听得懂，那就请你闭嘴。"出于自卫，她如此说。

"闭……嘴！"他激动地重复道。

"我们别吵了。这是你教我们的。"

"别……吵。"

"你能不能不要一直说什么妈妈、姐姐、妈妈？"她握着他的手，握得紧紧的。

"是的……妈妈……姐姐……"他开始哭了。她不太确定，他哭是不是因为他没法说清楚自己心里所想，还是因为他要说的话太令人伤心了。

"现在我来问你。你只要点头或者摇头。你听懂了吗？"她说着，拍了拍他的手。他一会儿点头，一会儿又摇头。

"我出生的时候，莉瑟小姨和我们住在一起。但是，不久之后，她就在斯莱厄尔瑟找到了一份工作。她会和我们一起过圣诞节、复活节、圣·约翰除夕日，还有夏天的假期。她一直都很宠我，送给我最大、最贵的礼物，乌夫总是嫉妒我。对不对？"她说。父亲不停地点头。

"然后呢？"

"她……"

"她怎么了？"

"小……女孩……"

"我一直都觉得，和妈妈相比，我更像莉瑟。"她开始觉得不大对劲了。一阵剧烈的恶心在她胸口逐渐蔓延开来。

"不是……妈妈。"父亲再一次开始哭泣。

"你该走了。"说着，他的泪水就在苍老的脸颊上流了下来。

"我们还没有喝咖啡呢。"

"不要再喝……咖啡了……"

父亲躺到了床上，脸面向墙壁。她把养老院的餐碟都收到托盘里，放在门外等工作人员收走。当她在浴室的洗手池洗碗的时候，突然发现自己擦洗的动作像极了家庭主妇，皇家哥本哈根的瓷器从手指间滑过。电光火石间，她发觉了一个问题，自己一直生活在幻觉中，她的生活本身就是一个巨大的幻觉："我其实可能是一只蝴蝶，我在做梦，以为我就是这样的我。又或许，我就是我，而我梦到自己是一只蝴蝶。"她把"庄周梦蝶"这古老的中国思维抛到脑后。她有些害怕，因为她感觉自己的思绪开始向周围飘散，好像蝴蝶身上的鳞粉撒在了白色的地砖上。

正是父亲莫名其妙的话语让她失衡，使她开始回忆关于母亲的点点滴滴。她想起了母亲温柔的声音，还有她的善解人意。母亲从来不会说"不"，而艾伦自己抱怨的时候倒是常常会说，这也不行，那也不好。父亲口中蹦出的一个字一个词让她想起了过去的时光，但她并不想继续沉溺其中。就在刚才，这还是他们俩之间的游戏，可此时却成了危险的雷区。她端着洗干净的盘子走回了房间。

"你在这里做什么？"父亲漫不经心地问。他已经起来了，坐在餐桌旁。她把盘子都放进柜子里的空架子上。

"你想对我说什么呢？"她问道。恶心变成了难忍的头痛。

"不是……小姨。"

"你是想让我把这个平安夜搞得一塌糊涂吗？你想要的，就是这样？"

"小朋友啊，"父亲忧伤地说，"小朋友。"

"对不起。本来应该很开心、很温馨的。"她不再说话了。父亲的笑容空落落的。

"现在好像不是那么完美。"她轻轻啜泣着。

"是啊。"父亲说着，像一只青蛙似的，噘起了嘴巴。她在父亲身旁坐了下来。

"你不要……哭。"父亲说着，摸了摸她的手。

"我没有哭。是你在哭。"

"我从来不哭。"

"我们刚刚说到了妈妈。"

"是小姨。"

"小姨？"

"妈妈……小妹。"

"我的妈妈？"

"你的……"父亲指着她说道。

"莉瑟？"

"莉瑟……对。"

"莉瑟？是我的妈妈？"

"莉瑟……妈妈。"他本想拍拍她的脸颊，可是他的意识只能让他的手挥了挥，就重重地落在了餐桌上。他盯着她看，就像在看另一个人似的。

"你疯了。"她自言自语道。愤怒已经占据了她，她必须用尽全力、全神贯注，才能让自己不要像下水道里的污水那样消失。她在椅子上直了直身子。她的脑子一片混乱。她完全不能理解，父亲一直这样说，她的小姨、母亲最小的妹妹，居然是自己的母亲。最后，她只能把父亲的这些说辞，归咎到他住在养老院这件事情上。

小姨只比她大十六岁。于她而言，小姨更像是姐姐。在所有的假期里，她们都在一起度过。她们一起准备便当，带去森林里野餐，一起采银莲花。到了夏天，她们就在海边骑自行车，莉瑟还会教她游泳。她学的所有的东西，都是莉瑟教她的。她们总是在旅行，一直在探险。母亲总是很信任地把她交给莉瑟。莉瑟的专业本来也是幼儿教师。母亲曾经提起过，莉瑟的工作就是她的爱好。她以前一直很崇拜莉瑟，模仿她的穿搭、她的习惯，还有她的审美。她会模仿那些最细节的地方，无论是莉瑟的一个皱眉，还是她滑稽的击球动作。

"你把事情都弄混啦。"她说。父亲晃荡着脑袋，好像要把脑子里的回忆都晃回原位似的。

"事实的……顺序是……没有关系的。"他像参加考试一般,响亮清楚地说道。

"你不必如此纠结于这些事情。事情一旦发生了,就永远都不会消失。所有的事情就像雪梨酱似的,搅和在一起了。"她捧起他的头,亲了亲他的前额。

"我没有什么东西可以和你交换,把我忘了吧。"她继续说着。

"你真是……铁石心肠。"他说着,露出了狡黠的笑容。

"铁石心肠的是生活。"

"上帝……把我们……照顾得……很好。"他艰难地说道,并且手指向天花板的方向。

"前提是有人相信上帝。"她打断了他的话。

"上帝……这里?"父亲指着自己。

"我相信上帝。"她说着,还抚摸了一下他的手。

"你该……走了。"

"不,还有时间。阿朗会来接我的。"

"阿朗挺好的。"

"你还记得卢讷吗?"

"卢讷……"

"你上次见他,还是他十二岁的时候。"

"为什么?"

"他是你的外孙。"

"以后就不是了……"

"忘了这事儿吧……这是我自己的错。"她突然悲从中来。她自己青少年时对父母表现出的盛气凌人,卢讷都加倍奉还给了她。这就是她遭到的报应,这正是她的母亲在她孩提时就曾经警告过她的。"当心你会遭报应。"每次艾伦扬扬自得的时候，她都会这么说。她觉得自己太老了。自从十五岁以来，她已经经历了太多事情，已经远远超过了一个人可以承受的程度。实在是有太多悲惨的经历了，还有很多剧变。她觉得，自己总是被失败像刺眼的聚光灯一样笼罩着，愈发紧紧抓住父亲的手，像极了即将折断的秸秆。她就想这样，一直坐在父亲身边，逃避生活。

"你认识我吗？"父亲的话打破了漫长的寂静。

"你不就是……大灰狼？"她开玩笑说。父亲的痴呆症就这样一点点变得严重，这对于他日益破碎的精神世界而言倒成了缓和剂。她并不是非常相信，他有严重的老年痴呆症。她觉得，他只是有点糊涂，搞不清楚。如果她可以照顾他，不让他整天都是自己一个人待着，他会恢复的。他也可以重拾曾经的记忆，和别人进行正常的对话。正是由于孤独的处境和情绪刺激的缺乏，才造成了他如今精神错乱的结果。

"你该走了。"他严厉地说。

"你已经要把我丢出去了吗？"她犀利地回答。他显然已经受够了她。或者，他也许根本不想要她的陪伴，只是出于礼貌才忍耐至此。

"你累了吗？你要睡觉吗？"她试着找回两个人之间的主动权。

"给我走。"他的声音充满了悲伤和气愤。她不知道，自己如何才能帮助他。

"走！"他一边大吼，一边推了她一把，她差点儿从椅子上摔下来。

"我怎么你了？"她说道。在心里，她又回到了五岁时那个委屈的自己，总是被歇斯底里的喊叫吓得战战兢兢，被推到地上,最后被猛烈的耳光扇到门框上,两眼一抹黑。

"对不起。"她说着,想要平复他的心情。他没有反应,只是坐在那里,沉浸在自己的世界里,拒绝和外界产生联系。

"你不要消失。你不要死。"她从洗手间里冲出来,用卷筒纸擦了擦眼泪。她不喜欢用养老院的毛巾,也不喜欢养老院的洗手间,那是一个残障人士专用洗手间。那种感觉就像是闯入了一个禁区,就像冲上了王座,夺走了父亲的王权。很长时间以来,她在外都处于一种分崩离析的状态中,充满了恐慌和沮丧。

父亲还是坐在屋子里,姿势都和刚才一模一样,双手交叠着,好像在祷告。她被处以最严厉的惩罚:安静,并且完全地抽离。她坐在扶手椅上,思索着她未及问他的那些事情。他从来不说关于自己的事情。她知道的关于父亲童年以来的故事,都是母亲告诉她的。在她眼里,他只是自己的父亲,没有自己的人生,没有过去,也没有情感生活。在她的想象中,他就是自她出生时才出现的。她是父亲的孩子,而乌夫是母亲的孩子。当她还是个孩子的时候,她游戏般地幻想过,母亲并不是自己的亲生母亲,其实是一个年轻美丽的公主偷偷生下了她,把她放在篮子里,留在了森林里。奇怪的是,她并没有像这样想象过,父亲不是自己的亲生父亲。在她心目中,他从未被怀疑过,从未。

母亲的妹妹莉瑟和这个家庭有着亲密的关系,这种特别的关系几乎使她成了家里的第三个家长。她一直很难把莉瑟和自己的父母区分开来。他们是三位一体的,共同组成了她童年时代的稳定框架。小姨度假时和他们一起住的时光,是她最开心的时光。一旦小姨走了,家里的平衡就会被打破,家里的氛围就会变得压抑。那时,她就仿佛成了一座小小的孤岛,无比渴望地等待着圣诞节、复活节、暑假和秋假。一旦有节假日临近了,她的"相思病"立刻就好了,因为她又有可以期待的了。

后来,她长大了,和一个测绘师结了婚,并搬去了埃斯比约。小姨莉瑟也就从她和父母的生活中消失了。仿佛对她身边最亲近的人下了一个邪恶的诅咒,于是,她的偶像就在地球上消失了。直至今日,当初那个充满了肥皂味道的空房间还是会出现在她的噩梦之中。莉瑟已经打包好了自己的行李,收拾好了房间,而且做了大扫除。桌子上放着一封信,里面是一些实用的信息,可是没有对她的问候,尤其是都没有提到她。她觉得脚下的地板裂开了,她被抛弃了。为了不沉溺于思念,她决定要和莉瑟划清界限,就像她从来没有存在过一样。可是,父亲痴痴呆呆的词句又唤起了她对莉瑟的记忆。还有她本已忘却的那个多年前的夏天,也像炸弹一样击中了她。

她从未仔细想过,对于小姨的出离愤怒到底源自何处。起初,她自然而然地就会想办法让自己不那么起眼,不让小姨知道自己有男朋友了。对于她们这样两个彼此之间毫无保留的人来说,这一件事情就足以打破她们之间的信任。她觉得,她和小姨的亲密关系是建立在一个谎言之上的。她所留下的空虚,被一腔怒火填满了,这愤怒一直都在她心里。当她坐在养老院的扶手椅上时,她感觉得到那愤怒带来的巨大的能量。然而,这时再要让父亲说说那时的故事,为时已晚。护工又来了,她端着茶壶和姜饼,打断了她的思绪。

"索伦森,你觉得累了吗?"她和善地问父亲,忽视了艾伦的存在。那个年轻姑娘刚出门，艾伦就给父亲和自己倒上了咖啡，在他身边坐下。

"你尽管试着说说看，"她一边说着，一边抚了抚他的额头，"直到她消失以前，莉瑟对我来说就像是母亲一样，一直都陪我玩耍。"

"对。"父亲满意地点点头。

"一开始，她在圣诞节和生日的时候会送我礼物。后来，她也不再送了。也许是因为我没有回信感谢她。我没有办法给一个看不见的、再也找不到的人写信。我不能理解，为什么她要这么对我。我始终对她抱有盲目的信任。我们曾经歃血为盟，彼此承诺永远互相信任。可是她背叛了我，就像她给我朗读过的骑士小说里的恶棍一样。即便那个夏天我已经十五岁了，我仍然被孩子般无法调和的愤怒所占据了。怒火如同另一个我在我自己的身体里一样，我一直在和她进行漫长的对话，讨论我怎样才能报复，讨论我怎么样才能让她的丈夫爱上我、抛弃她。"

"你不该……这样。"父亲说着，又倒了些咖啡。

"换作你和妈妈，我也会这样想的。"

"你这这么好……这么好……的小姑娘。"他说。

"有半个我是坏人。"

"小姑娘……这不是……你的错。"

"她现在还活着吗？"

"一个……死了。另一个……"

"你就不能回答得正常些吗？"

"不……"

"你会想念她吗？"

"谁？"

"妈妈。"

"你的……母亲？"

"不是，我们不能再重复一遍那个莫名其妙的对话了。"

"让她……休息吧。"父亲突然笑了。她环住他的肩膀，拥抱了他一下。

"我们在一起，我们两个人。这是最重要的。"

"小妈妈。"

"莉瑟在哪里？"

"不见了。"

"那次以后，你还见过她吗？"

"很多次。"

"你没有痴呆症。"她说，心里的怒火又燃起来了。

"就这样出去进来。"他木木地说。

"我马上就要弄不清楚，哪里是外面，哪里是里面了。"

"帮……不了你。你太……老了。"他难过地说着，从餐桌边站起身来，走过去，在床沿上坐下。

"实际上，玩猜谜游戏的时候，你并没有帮我。"

"没人……知道。"

"我也不想知道。"

"妈妈没……死。"

"她不可能一会儿死了，一会儿又没死。"她生气地说道。父亲没有回答。他沉浸在自己的世界里了。

"埃斯比约市海鸥街47号，邮编6700。"他突然像念儿歌一样说着，不知道是从哪里学来的。

"这是什么？"

"鲜花……枯萎。"他说道。艾伦无法分辨，这些话语背后自有其逻辑，还是这只是父亲的胡言乱语。

"我们为什么不唱一首圣诞弥撒曲呢？我们应该先唱哪一首呢？"她不想再和他纠缠母亲到底死了还是没有死这件事情了。虽然母亲去世还不到一年，但感觉她似乎已经离开很久了。

父亲把手放在胸前，噘起嘴巴，开始吹起了口哨，那旋律有点沉重。她听了一会儿才发现，那旋律来自《美好的世界》。

"你最喜欢的歌。"她说完，跟着哼唱起来。她尽量跟着父亲急促的口哨声，把自己记得的歌词都唱出来。她把同一句歌词反复唱了好多遍。身体里那个愤怒的自己就像苦涩的汗水一样从她的身体里渐渐渗出去了。在父亲所营造靠近天堂永恒的宏大空间里，她感受到了内心的平静，她无须再承受痛苦。

他们和谐地坐了很久，沉浸在歌声和弥撒曲的旋律中。在这样的高龄，他保持得已经很好了，外形整齐有型。他在壮年时也曾是玉树临风、风流倜傥。从精神上来讲，他们俩之间相隔了近一个世纪。他从属于旧世界根深蒂固的信仰，坚信一种更高等的秩序和意义。他相信，每个人都有属于自己的位置，应当竭尽全力完成使命。每个人在出生时都是带着或多或少的天赋来到这个世界的。而她的世界是一个广阔开放的天地，一切都需要自己争取，一切皆有可能发生，在这里，未来是一个等待回答的问题。

父亲突然从"大树高高的绿色树顶"的旋律转到了超市里的穆扎克音乐。他记得所有的歌词，唱起歌来就像在赞美童年时的圣诞树一样。

"礼物。你该拆礼物了。"艾伦看到床下面有半个玛格新百货的包装袋。她把包裹都拿出来，放在他旁边。他好奇地看着礼物们。

"要我帮你拆开吗?你想先看哪个礼物?"她问道。他指了指离他最近的那个礼物。

这时候,阿朗穿着羽绒夹克站在了门口。有那么一瞬间,她还以为奇迹发生了,卢讷回到她身边了。这画面太相像了,让她震惊。夹克的牌子和他去那个悲催的科学教之前穿的都一样。

"嗨,爷爷。"他说着,在床沿上坐了下来。

"我还没有给你打电话,你就来了。"她没法掩饰自己的恼怒,毕竟能够和父亲共度的这么珍贵的夜晚被人为缩短了。

"爸爸还以为,这样您就有理由早点儿走,回家和我们一起过平安夜了。我们已经准备好了咖啡。"他礼貌地说道。

"我已经喝过咖啡了,"她说,"你可以帮你爷爷拆礼物吗?"

"今年,他都不想让我们送礼物。"

"我没问。"她简短地回答。父亲对拆礼物很感兴趣,这是一条有两条红色纹路的蓝色针织领带。阿朗帮他系上了。

"这条领带很衬你,爷爷。"他说道。第二件礼物是一双灰色的袜子。最后一个礼物是一盒巧克力,父亲立刻就想打开。艾伦打开盒子,给他拿了一块巧克力。

"不是,给阿朗。"他用巧克力盒子推开了她的手。

"你该走了。"他说着,坚定地指着她。

"我们再坐五分钟就走。"她说道,这话更多是为了宽慰她自己。她把所有的礼物都放在桌子上,自己坐在父亲身边。阿朗就穿着夹克坐在另一边。

"时光流逝……我们也……走过。"父亲说。

"平安夜还没结束呢。"艾伦说。

"我问过……我能不能……回家平安夜……可是……那只是传统……大家都要忙活……在院子里……那天晚上要在那里……我流下了苦涩的泪水……平安夜……院子里……和平时……没什么……不一样……只是我们做了……烤鸭……和甜点。"父亲抽泣着说,然后又一次陷进了自己的世界里。

艾伦有一种感觉,父亲是因为阿朗在,所以连说话都觉得紧张害怕。其实,她也可以中途打断、告别离开的。平安夜已经过去半个晚上了。她已经错过了这个机会。她一直坐着,握着他的手。她没法就这么放开他。她不能就这样起身走掉。她害怕,害怕这就是永别,害怕自己再也见不到他了。

阿朗有点不耐烦了,挤眉弄眼地暗示可以走了。她感觉到自己内心的怒火就像更年期潮热一样急剧爆发,在她的脸上、脖子上显现出大片红色斑痕。他就是乖巧的阿朗,专门来接她的;他不是自己那个逃离的儿子,她也不指望儿子会给她送圣诞祝福。对于他们之间的和解,她抱着微弱的希望。他们都承认,生命是短暂的。这些念想都在她的心房慢慢冰冻,留下了结冰般细碎的痛苦。

"你应该等到我准备好了。"她强硬地说道。阿朗委屈地耸了耸肩。她变得好陌生,以至于他已经不认得了。艾伦觉得自己已经被踢出局了,而父亲和阿朗迅速结成了联盟,要让她尽可能快地离开养老院。在这个时刻,她发觉这里是全世界最受瞩目的地方。在这里，有一群人，需要等待着一群不认识的人帮助自己实现回家的愿望。她瞥见父亲指着大门，用他微微弯曲的手指示意让她离开这个"伊甸园"。

梦

她的目光注视着夜晚的黑幕。那夜幕像黑色的丝绸在她周身汹涌，最后都变成了高高瘦瘦的人的样子。他们披着又长又宽松的披肩，踩着高跷。他们的头又小又黑，没有脸，用尽所有的力气，跟着卢森堡电台的音乐踩着高跷跳舞。在德国施拉格音乐的旋律背后，是笑声和喊叫声。在这个屋子里，所有人都很高兴。一切的一切，早在她出生以前，就都已经注定了。无论她问了父母多少次，自己是不是他们真正想要的孩子，每次得到的都是同样的答案。她决定相信他们，把他们当作自己的神。

夜幕变得亮了一点，从窗户可以看见外面的花园。她在自己童年和少女时所住的房间里，这里不再是自己梦中的陌生之地。这个房间现在是阿朗住。他很绅士地把自己的床借给她睡，自己就睡到了客厅的沙发上。房间里的墙上贴满了运动的海报，还有欧洲各大城市的三角形小旗子。柜子上还有一个青少年手球超级联赛的亚军奖杯，上面刻了年份，积了一层灰。

那一整个晚上，父亲似乎都和她在一起。他一会儿躺在地上床边浅蓝色的地毯上，一会儿在门口站岗，把不好的精灵都挡在门外。他的存在是有意义的，这意味着，她不知道自己的到访时间，所以才来迟了，不仅仅对他而言是迟到，对她自己来说也迟了。

"但是，永远都不会太迟的。"她带着渺茫的希望麻木地自言自语道。她是在和自己讨论，从墙壁中发出来的是她自己的声音。她把自己关于父亲的审判日作为托词。对于母亲的思念让她陷入了执念，她想象自己像女神雅典娜一般，是从父亲的前额来到这个世界的。这个关于古代神的世界的神话，她早在小学时就已经知道了，是她在那位重听的老历史老师那里第一次听到的。现在，神话终于成了现实，她成了父亲的女儿。现在，除了养老院无法否认的现实，再也没有什么横亘在他们之间了。她要想办法，把父亲从这种活死人的生活中拯救出来。

阿朗的到来打断了她的思绪。他把地上的毛衣拾起来，套到身上，转身就准备离开。他太像卢讷了。他们的一举一动都那么相似，还有那种目标明确、全神贯注的样子也很像。

"不，你别走。"她低语道。阿朗顿住了，他转过身来。

"对不起，"他含糊地说，"我以为你还在睡着。"

"没关系的，这本来就是你的房间。"

"嗯，不过我马上就走了。"他说。

"你可以稍微待一会儿吗？"她问道。阿朗站在那里，不知道应该如何回应她的要求。

"我一会儿还要去一个地方。"他说着，准备向门口走去。

"就一会儿。"她盯着他的黑眼圈。他仍然站着。

"有什么事吗？"他礼貌地问道，向床边走了几步。

"你不知道，你有多像卢讷。"她说。

"怎么说？"

"你说话的样子、走路的样子,还有你的面部表情。从头到脚都很像。"

"那肯定是因为基因相似啊。"阿朗亲切地说道。

"你高中毕业后准备做什么呢?"

"读书……我也不知道。"

"卢讷当时就不知道该做什么。他从这样换到那样,最后选了科学教。"

"父亲说过这个事情。"阿朗安静地说。

"我不能理解。"

"这是他的抉择。"

"我和他完全没有联系了。"

"这……显然……不是太好。"

"可是,我又能做什么呢?"

"试试看找到他……和他聊聊……问问他,过得怎么样。问问他有没有交女朋友……朋友……还有他平时都爱做些什么。"

"在他那个体系里,我觉得不会有朋友或者恋人的。"

"你又不知道到底是怎么回事。"

"我是不知道,但是我可以想象啊。"

"你为什么不读几本谈科学教的书呢?"

"我本来就很讨厌这个教。"

"所以,你其实并不能够置身他的处境考虑问题。"

"这就是披着宗教的外衣给人洗脑。"

"洗脑?那不就是一些陈词滥调?"

"我就是这个意思。"

"说到底,你知道你在讨论的是什么吗?"

"电视台有一个节目,一整晚都在讲科学教的方法论。"

她笃定地说。

"你不能就这么坐在电视机前面,然后把自己包裹在偏见里。"

"你以为你他妈的是谁?"艾伦用手肘把自己撑了起来。

"我只是想说,你已经脱离现实生活了。"

"你不可以这么对我说话。"她说着,就从床上起来了。她身上穿得整整齐齐的。看来,昨天凌晨三点钟,她上床睡觉的时候都没有脱外衣。

"我他妈的还非得是你儿子。"

"你什么意思?"艾伦把双手放在身体两边。

"你就这么坐着,抱怨着,可是你却什么都不去做。"阿朗说。他们面对面站着,俩人差不多高。

"我试过了。但是他的心门是关着的。"

"你为什么不雇一个私家侦探呢?"阿朗看看自己的手表。

"我其实挺忙的。"

"圣诞节一大早也忙吗?"

"我有个约会。"

"你谈恋爱了?"她问道。阿朗告诉她不是的,然后继续安静地站着。

"你到底想怎么样呢?"他说。

"嗯……和你聊聊天……了解了解你。"

"把我当成你那个丢了的儿子的替身吗?"

"你这样就真的有点过分了。"

"你就是活该被骂。"阿朗又看了看他的手表。

"还是要谢谢你,谢谢你把床借给我。"

"不客气。下次还可以这样。"他说。艾伦在自己的包里翻了半天，找出来一张名片。

"如果你有机会经过北大桥，欢迎你来找我。"她说着，就想拍拍他的脸颊。

"我们有几个朋友，有时候会在周末去哥本哈根，在城里逛逛。"阿朗好奇地看着名片。

"上面有我家里的电话和办公室的电话。"

"再见。"阿朗想要赶在她翻出来更多的东西之前，快点离开。

与此同时，响起了一阵小心翼翼的敲门声。乌夫走进房间，在晨曦中看着房间里的这两个人。

"你在这里做什么？"他没好气地说道。

"我来拿我的毛衣。"

"这是他的房间。"艾伦说道。

"我走了。"阿朗说着，就想立刻离开这里。

"向你的朋友们问好，但是不要做那些我不允许的事情。"乌夫朝着他大喊道。

"你应该为他感到自豪。"

"我其实也是这么想的。他就是有点太投入他喜欢的运动了。我觉得，他还是应该继续在大学里深造，而且我自己现在已经没有机会参加考试了。"

"这个事情你应该让他自己去考虑。"她说。

"我不是要赶你走啊，不过，你是不是早餐前就要走了？"乌夫说着，摇了摇头。

"我一过完元旦就要给北欧建筑公司做介绍演讲。"

"难道一定要在圣诞节加班吗？"

"乌夫，我一直都是顶着时间压力工作的。这和圣诞节没什么关系。如果我迟了,整个团队就落后了。如果我们不能按时间表推进,客户就会不满,他们花钱就是买我们的工作时间的。"

"你已经变成工作狂了。"

"当然,我还是可以自己决定,接受哪一项工作。我可以对不适合我的工作说不。我想暂停的时候,也可以做得到。"

"如果你还想赶上火车的话,现在就得走了。我开车送你去火车站。"乌夫准备走了,她也马上收拾妥当了。

"就是还有一件事。我们是不是已经说好了,爸妈的房子就这样,不要动?"

"昨天晚上我们就已经约定了。既然这对你意义深刻,那就满足你的愿望吧,这个房子就先保持原来的样子。"

"我觉得,现在就把这个房子卖了是不对的。这是一种亵渎。"

"如果你能多留几个钟头的话,可以往南边走走,就看见那个房子了。除了父亲带去养老院的那些东西,那房子和原来一模一样。我把暖气片调在了最低挡,这样房子就不会潮湿发霉了。"

"那得下次,等我时间多一点的时候再去了。"

"你总是给自己这么大的压力,对身体不好。你看,连圣诞节都不能好好过。"乌夫又摇了摇头。

"自由职业者这个职业就是这样的。"

"和以前相比,你现在真的做得很不错。"

"以前?"

"你以前可迷糊了。"

"你以前还只是个孩子。"

"你以前从来都只谈论自己的事情，只谈论自己过得怎么样。我们很多年没有听到你的音讯了。"

"那都不对。"她轻轻地说。乌夫扶住了她的双肩。

"一切都逝去了，你也老了。"他说着，笑了。

"你和莉瑟小姨还有联系吗？"她说着，把自己从他的双臂中解放了出来。

"你为什么问这个？"

"你可真是奇怪。她以前是我们最亲的亲戚。"

"明明还有其他很多舅舅、姨母、伯母和叔伯啊。"

"你知不知道，她还活着吗？"

"我只知道，她搬到埃斯比约去了。"

"你知道她过得怎么样吗？"

"不知道，我还以为你知道呢。你那时候已经是大人了，我才八岁。"

"爸妈从来没有说起过吗？"

"我不记得了。我对这些不太感兴趣。"

"不管怎么样，她都是我们最亲近的亲戚。"

"这么多年了，你对她的兴趣倒是从来没变过。"

"比如，她住在哪里？或者她还活着吗？难道你就一点儿也不知道吗？"

"你为什么要问这个呢？"乌夫再问了一次。

"我就是想到了。"

"我们这个国家这么小，想要找到她应该不是难事。或者你可以上电视寻人。那个节目叫什么来着？《消失的人群》？"

"算了吧。"

"还有七分钟火车就要开了。"乌夫说着，就准备往楼下走。

她有一点举棋不定了，不能确定自己是否真的要离开这里，离开这个自己少女时的房间了。她迅速地瞥了一眼镜子里的自己。她用自来水刷了牙，然后有充裕的时间在火车上继续拾掇自己。她把自己所有的东西都收进双肩背包里，飞奔下楼去追上乌夫。

车子就停在门口，他坐在车里等她，汽车已经发动了。他们到达火车站的时候，火车也刚好开进月台。

"莉莉安让我代问你好。她早上总是没法早起。"乌夫说道。

"这就是为什么我那么喜欢她。"艾伦说着，一只脚已经跨出了汽车。

"你抓紧点儿，火车快要开了。"乌夫都帮她着急。

"帮我拥抱一下阿朗吧。"

"快走吧。"乌夫的额头已经被汗水弄湿了。

"谢谢啦。"她发自肺腑地说着，跑过月台，登上了火车。她一屁股坐在位子上，松了口气，把外套披在自己身上，用围巾裹着脑袋。她再一次，逃离了自己的命运……这个女儿实际上并不是她母亲的亲生女，她不愿意听到这样的消息，更是拒绝父亲把事情的真相告诉她。这个女儿已经准备好了采取激进的做法，好让她的父亲能从曾经的错误中得到解脱。她会用自己宽阔的肩膀背着他，走过那片田地，回到老家的房子和花园里。但是在回家的路上，虽然母亲的坟墓就在路边的墓园里，她也不会去看一眼。而且，那也不是她的母亲，是她大姨的坟墓。这个女儿把一切都归咎于自己的父亲，正是他那强壮的臀部把她带到了这个世界上。她熟知父亲的固执和坚持，他是绝对不会向这种"营地状态"屈服的[①]。这个女儿坐在火车里,心里自然而然地就冒出了一个绝妙的计划。她这一生都活在一个梦里。在梦中,各种操作都无法达成结果,反而成了干扰因素。她的愿望就像是美丽的旗帜,它们被热情地升起,但是很快就因为对新愿望的热情而被遗忘了。

她心中冒出的绝妙计划是这样的:女儿把自己的公寓租出去,自己搬到父亲以前的房子去住。除了搬到养老院去的那些家具,这里是他和母亲(其实也并非她的母亲,而是她的大姨。毕竟,她的父亲没有控制住自己的情感,任凭其奔向了母亲的妹妹。她当时还只是一个十五岁的孩子,半坐半躺在森林边的一棵高大挺拔的山毛榉下),事实上——她父母退休后就搬到了这个茅草顶的老屋住,把商店交给了唯一的儿子、她的弟弟。她必须强调这一点,这样她就可以接父亲回家住,把家里需要的用度都配齐。谁知道她是不是想等父亲去世后,就付点钱给弟弟(本来应该弟弟给她钱的),然后继承这个房子。她觉得弟弟会是慷慨大方的,因为自他从父亲那里接管商店后,商店经营顺利,不断扩大。在她的认知里,当时给弟弟的这个馈赠是值得起父亲去世后把这个房子留给她的……

她都已经想好了在《蓝报》上刊登租房广告的措辞。"采光好,榻榻米,一居室。市中心,海景房,长期出租,两年起租。"这个女儿并没有考虑到,父亲已是风烛残年。她只觉得,父亲还是身体康健,孔武有力。只要她愿意,这个租房广告里还可以加一句"或更长租期"。这个女儿做

[①] 营地,是指有组织地承接生命和有组织地湮灭生命之间的关系。当意外(比如衰老)成为一种规律,这里就是一个可以释放自我的空间。

的第二件事就是把自己日常要用的东西（衣服、照片、枕头、毯子、烛台、花瓶和小摆件）打包。她要把这些东西都拿去，把那个房子装饰得温馨些，好有家的感觉。那栋房子在一条马路的尽头，那里还有一个木材店。从那栋房子的窗户，可以看到开阔的田野，那里种了很多圣诞树；再远处就是起伏的丘陵，很多古时候民间故事里的小偷、杀人犯就会躲在那里。

这个女儿打算把自己的公寓清空，把所有的家具都收起来。这种东西都用一个行李箱打包、没有固定资产的生活已经让她感受到了自由的体验。她对于自由的渴望实在强烈。她甚至愿意在乌云下蹒跚，让闪电的力量带给她自由的感觉。她觉得，这可以让她觉得轻松，可以释放生活带给她的压力。她是一个被溺爱过头的孩子，又很敏感。她的性格并不像传统意义上的一个好公民所具备的。童年时，她的父母从来没有陪她玩耍过，从来没有告诉过她任何花或树的名字，也从未陪她看过星空，甚至从未拉着她的手在海边散过步。这个孩子的出生源自一段悲催的三角关系，自然也是禁忌。他们用一场恩爱戏码掩盖了这个孩子的身世，不为外人所知。这个孩子知道，自己和其他孩子不一样，但是不知道到底哪里不一样，也不知道她自己特殊的原因是什么。正因此，这个孩子养成了一种敏感、固执的个性，对自己的存在生出了怀疑。这个孩子已经长成了一名中年女性，但她仍然对自己存在的合理性持有无异于儿时的不确定感。

这个女人抓住机会（在她的想象中是转瞬即逝的），想要回到过去，再当一回孩子。这个女人要给自己第二次机会重新开始，让别人了解自己的性格，接受自己。她想要依靠父亲,以他为自己的精神导师。这个女人想一石二鸟:一是陪伴父亲人生的最后一程,二是自己重获新生。她想重新活一次,面对以前会逃避的事情,把一切都重新变好。这个女人想通过父亲的帮助增进她和儿子的关系。这个女人心中最大的执念就是她的儿子。这个女人把陪伴父亲当作自己没有照顾好儿子的救赎之举。这个女人是无辜的,因为她并不知道自己在做什么。她绝望地尝试着要拯救那艘正在下沉的巨轮,想要把自己从生活的泰坦尼克号上救出,改变儿子对她的否定态度。所以说,这个女人被打击过两次:一次是作为孩子,一次是作为母亲。现在,这个女人暂时放下对儿子的责任,转而承担起了对父亲的义务。虽然她已经知道(这个讨论早就结束了),她还是想要向自己的兄弟(其实只是她同父异母的兄弟)展示自己的规划,让他不会再提反对意见。他代表的是普遍的社会秩序,所以对于她的行为带来的混乱是有保留意见的。这个女人内心深处明白,最根本的责任并不是社会秩序,而是兄弟对她的计划没有信心。他认为,如果她像以前那样执行她的想法和计划,半途而废,那么她只会把事情搞得更糟糕。一家四口的小家庭每天的作息安排都很紧凑,不可能完全按照她这个烦琐的计划照顾在家的老父亲。他们的家庭日程已经安排得很满了,根本没有多余的空闲。

尽管她始终都想拒绝承认这一点,但是她心里明白,父亲已经老年痴呆了,他的状态已经无法好好照顾自己了。另外,这个女人也清楚,父亲住在养老院里,状况只会更差。她知道,对于父亲而言,禁闭等同于死亡,因为她自己也是这样觉得的。这个女人正以每小时150千米的速度离开这个让她有幽闭恐惧症的童年之地。她投入地阅读着，想借此忘却独自承受的罪责。这个小家庭都是按照不成文的规则在生活的，他们无须承担这份指责。既然他们都把社会上的规则当作自己的家庭准则来遵守，那么他们就永远不会有错。这个女人的生活方式是特立独行的，这让她与社会常规总是格格不入。她可以自由支配自己的时间（"如果所有人都像她一样，我们该怎么办呢？"），而且可以按照自己的想法使用自己的时间，按目前实际看，就是有充足的时间照顾她的老父亲。这个女人本就与众不同，所以做出一些出格之举也就成了她的分内事。作为一个局外人，这个女人自然而然地承担了所有责任，却让乌夫一家卸下了对父亲的责任。

这个女人没法把注意力集中在这段艰涩的文字上，"这个营地是成熟社会的生物政治范式"，于是便把书放在了一边。然后，她就开始继续规划把父亲接回来的事情了。在她把自己的公寓交接出去的那一天，她会坐火车回家，搬回父亲的房子去。在父亲回到家之前，她会通风换气，布置好家里，做好修补工作，把窗户和银器都擦拭干净，里里外外都打扫一新。她喜欢当个孩子。她想象着，自己用鲜花迎接父亲，仿佛他是一个被流放归来的国王。随后，她会帮父亲脱下外套，挂在进门处的挂衣钩上。她会陪着父亲进房间，看他坐到自己的椅子上（他的家具都会提前送到、放好）。他的午餐应该清淡、健康，而且她会用皇家哥本哈根的瓷器和大马士革的餐巾。每天午睡之后，他们会出去散散步，他想去哪里、想走多久，都可以。

这个女人对很多事情都想得很美好：比如她自己的动手能力，她面对社会和政府部门的勇气，还有她实现一个乌托邦的能力。在她向往的乌托邦里，父亲是国王，她自己被尊为高贵的公主,这里的社会秩序和现实不同。在这里,人们不会衰老,只是年岁增长罢了。在这里,人类不会因为年长被忽视,也不会因此被羞辱。在这里,年龄无论大小,其中包含的意义都是一样的,只是特点不同而已。

对于自己在高速列车的车窗边想出来的这个计划,她深信不疑。她看着冬日景色——闪过窗外,车厢里孩子们因为圣诞节快乐的声音就像蜂蜜一样抚慰着她敏感的神经。她只是想找回自尊,重新建立自信。这个女人已经失去了自己的儿子,未战先败,甚至可以说,这场战争都未曾存在过。这个女人希望通过把父亲从养老院里解放出来,达成一种紧急状态。她在儿子那里没有做到的事情,在父亲这里做到了。"在这样一种紧急状态下,有一些禁忌之事处在一个过渡区域,超越生活之外,又在法理之中,所以,法律和生活,在这样一个鲜花绚烂的区域中就会变得难以区分彼此内外。在这个紧急状态中,赤裸裸的生活和权力密不可分,生活被权力所包裹,或者说,生活建立在权力之上,权力又可能被潜在的暴力生活所左右、所掌控。这是一种无法制裁的暴力,所有人都可能是施暴者,这不是宗教中的献祭,不是谋杀,也不是处决。在这些领域中,献祭和谋杀没有什么区别,生活的本质就变得非常单纯了:那就是面对毁灭的能力和可能性。"

紧急状态

他终于做出了这个决定。从他重新获得自由的第一天起，这个决定就在他的心里萌芽了。一开始，这还只是一种愚蠢的反抗，是在一个陌生、非人的无人之境中的生理不适，这个环境让他越来越孤僻，越来越自闭。他自己主动选择了和外界的隔绝，这让他成为紧急状态里的一个特例。在紧急状态中，所有的个体都归属于集体，人体脑部死亡的标准由国家统一规定。他拒绝了工作人员的所有要求，也不愿意和其他住在养老院的老人一起参加集体活动。哪怕是在最日常普通的社交活动中，他也表现得仿佛自己不存在一般。无论是很隆重的场合，还是比较轻松的场合，他都不愿意参加。面对养老院提供的这些条件，不管是从能力上看，还是从意愿上看，他都不能算满意。光是强迫他住进这个养老院，就已经够他生气的了。这简直就是剥夺了他的人身自由。他就像以前的国王一样，不自由，毋宁死。

对他而言，进食的活动和绝望是完全同步的，两者几乎都没有他的意识参与。他的手臂不想抬起来去拿餐巾纸，他的双手不想去拿刀叉。当养老院的护工来取餐盘的时候，他面前的盘子都还没有动过。他够不到她，只能让她的唠叨左耳进右耳出。她想劝他至少喝一点果汁。可是，他连这都不肯，双唇紧闭，果汁沿着他的下巴流下来，把衬衫前面弄湿了一大片。他的绝食行为逐渐发展成了他和养老院工作人员之间的一种精神战。工作人员们有时候会顺着他，有时候又会威胁着要把他送去住院。

到了第三天，他已经虚弱得站不起来了。养老院的领导请来了医生，给他做全身健康检查、验血。他强烈抗拒，还大声抗议。体检和验血结果都不能证明，他是因为身体或疾病，才拒绝摄入任何营养，无论是固态的食物还是流食。

现在，他长期处于监控之中。每半个小时，就有一个护工进来看看他，试图劝他吃点东西，虽然只是徒劳。哪怕是比尔吉特都没法子让他放弃绝食。他已经把这场修行进行到了一个未知的阶段，没有什么能阻止他的决定。到什么时候结束，到哪里结束，都掌握在更高一等的权力手中。但他自己可以决定的是，这场修行的速度。护工们用凉爽的手帕擦干他的额头，使他保持干净整齐。对于他千疮百孔的心灵而言，她们祥和温柔的声音也是一种抚慰。每当想到她们会陪伴自己走过人生的最后一段旅程，他都会感到一阵安慰。

到了第六天，他的内脏出现了脱水症状，他感受到剧烈的疼痛。随着身体状况的恶化，一个男士又以敲钟人的形象出现了，这是他的老朋友，也是他的另一个自我。

"我们俩早就该告别了。"卡尔不情愿地握住了面前的那只手。他不喜欢这次同这个瘦骨嶙峋的驼背家伙的意外重逢。

"我就是想告诉你，我还在。"敲钟人说道。

"如果有什么我可以帮忙的，就盼咐我好了。"他毕恭毕敬、抑扬顿挫地继续说道。他身上的棱角显然已经被磨平了。

"请让我一个人待着吧。我不需要你的帮助。"

"你应该不知道我是谁。"

"我自己可以搞定的,你个敲钟人。"

"第六天是一个转折点。你现在改主意还来得及。"

"我已经决定了。"

"你这么做也躲不掉我的。"

"你就不能等到这一切都过去吗?"卡尔忍着疼,喘着粗气说道。

"没有什么事是能绕过我的。"敲钟人大笑道。

"你不需要在这里自吹自擂,虚张声势。这也太老套了。"

"在医院里,先进的技术已经使我显得多余了。工作人员自己就可以关闭设备。但是,我在这里才有家的感觉。在这里,我还是能发挥点作用的。"

"你去招惹其他人吧。"

"我所求的,不过是像你这样年纪的人对我能多一点尊重。"敲钟人生气地扯着被套。

"我不是想要惹你生气的。"

"是你自己叫我过来,帮你干出这场绝食艺术的。"敲钟人的脸已经完全僵住了。

"很可能是吧。"卡尔嗫嚅着。

"我承诺,我会等到该我出场的时候再出现。"

"这一生,你都在跟着我。我肯定你还会跟着我去另一个世界的。"卡尔客气地说道。

"我的朋友,到了那里你就要自力更生啦。我只在这个世界工作。"随着一阵疼痛,敲钟人消失了。正如来时一般,他去也匆匆。

　　他平躺着,已经连自己翻身的力气都没有了。被子紧紧地卡在他的双臂腋下。他的胳膊无力地搭在被套上,看上去长得都不自然了。他穿着一件崭新的蓝白条纹睡衣,这是玛塔很多年前买给他的,但是他到现在才拿出来穿。床头柜上放着的水和果汁汽水都没动过,吸管和盖子都还在。他全身都觉得疼,是来自体内深处的刺痛感。他虚弱地喘着气。

　　他们突然出现了,从走廊外经过。那些他意识中想象出来的人,曾经也出现过,但是都没有名字,也没有年龄。这些难以言状的身影在门口站住了,戴着愤怒的面具看着他,让人想起了螳螂小小的三角形脑袋。他们向他问好,可是听起来像是在很远的地方吹口哨一样。是谁把他们叫来的呢?他还没有死,他们就要来埋葬他了吗?为什么他们不走得再近些?这样,他还能对自己的葬礼给他们提一些意见。他根本不相信,这些人没有他的配合,就可以体面地把他安葬到地下。他们为什么都拥挤地站在门口呢?他们是害怕踏进死亡之洞的门槛吗?他已经虚弱得没法以这样的距离和他们交谈了。他试着用手势让他们走近一些,但是看上去没有什么效果。

　　就在这时,他看到了一个医生。那个医生指着他,就好像他已经躺在棺材里了:"……比起把他送去医院,让他留在养老院里更加人性化……太老了,没有必要再进行治疗了……静脉注射……他有权利得到安息……我们给他用吗啡……尽量减轻痛苦……营养不良尤其影响了他的内部脏器……拒绝进食……不吃也不喝……第十天了……"

那些人影开始向他围拢过来。其中一个变得越来越清晰了，是一个女人。

"我以为，这个女人是我的女儿。"他自言自语道。

"爸爸。"她轻轻喊着，一直站在房间中央，鼓足了勇气想要离床更近一些。她把一个杯子靠近他的嘴唇。他伸手就把杯子从她手里打翻了，杯子飞到空中，又落到地上。

"索伦森啊。"一个上了年纪的医生不高兴地喊道。那个女人把杯子的碎片都捡起来，放回到桌子上。

"你叫什么名字？"他问道。他闻到了大海和咸咸的海水的味道。她披着一件用粗麻绳织成的渔网，披头散发的。她正嚼着一头圆圆的白色大蒜。

"你叫什么名字？"他又问了一遍。

"艾伦。"她小声地说。

"我的天使，是你来了吗？你是来和我告别的吗？"

"爸爸。"她一边抽泣着，一边握紧了他的手。他却什么都感觉不到。他太疼了，都感觉不到孩子的手，只能痛苦地呻吟。她用力地拍打他的手。

"尽量做些什么吧。"她走到医生面前，抓着他的胳膊，无力地说道。父亲的呻吟被一阵尖锐的咒骂声淹没了，好像骂脏话是唯一能缓解疼痛的办法了。浑蛋、他妈的、操，这些脏话可以让他的肝、肾、脾放松一下。

"救救我吧，让我解脱吧。"他啜泣着，几乎要跌下床去，好像整个人被火烧着一般难受。"让我像个小虫子一样消失吧。让我的灵魂升天吧。为什么你们不听我的呢？是我的声音太小了吗？你们是谁？告诉我，你们的名字。快带我下地狱吧，让我的惨叫淹没在那黑色的水中吧。你们是谁？你们为什么要抛下我？陪陪我。不要让我一个人和这个侏儒待着,他总是用粗大的针筒从背后戳我。那个针筒明明更适合河马或者大象。"

医生挥了挥手,请他的孩子和孙子们到外面走廊上去等。他需要单独在房间内进行一些必要的抢救措施。他需要安静的工作环境,病人也不必承受其他人的注目。除了医生,现场还有两个护工把他固定住。他们把他的身体按在床板上,像约束衣一样牢牢地把他固定住。他的嘶吼声成了最后的武器,仿佛要撼动整栋楼,把砖墙都震塌,只剩下祭坛一般的病床,而用于祭祀的动物的血正是从祭坛上流下来,染红了一切。只见大主教摘下了手套。伴随着动物们的诅咒,灶神维斯塔的祭司们把被征服的躯体翻过去,又把它盖好。他们把用过的棉球和针筒都收起来,放进那个新做的金属碗里,将手术的所有痕迹都清除掉,然后就离开了这个表演现场。

那些人影的轮廓已经非常模糊了,他们又走了进来,围着这个祭坛站成了一圈。他们虔诚地低语着。这个神圣的仪式使整个空间里充满了恐惧的气氛。他们并不知道,他已经逃离了自己的躯体,升到了半空中,正在俯瞰着他们。他们开始大声交谈,争论着他留下的遗产。他很想告诉他们,那些财产很久前就都已经充公了,根本都不值钱了。他们也不需要再为他可怜的遗体烦忧了。

他可以清楚地看到他们可爱的脸庞。他们已经不是孩子了,而是成熟的中年人了,很快也会变得和他一样衰老。他希望,他们不要再经历自己这样的人生了。可是,如果有些命运实在无法改变,他也希望,他们都不会继承自己倔强的性格,而是可以好好适应老年时的紧急状态。对于这位和他长得最像的女士,他心存疑惑,因为当她这个皱皱巴巴的小东西来到这个世界上时,没有人知道她能活这么久。

"为什么现在才通知我们?"

"我们应该相信,医生知道自己在做什么。"

"他不能就这样让他躺着等死。"

"是啊,那还有什么办法呢?"

"他有权利走到自己人生的最后一刻。"

"他自己也许不这么想呢。"

"因为他并不想待在他待的这个地方。"

"你要强迫他违背自己的意愿吗?"

"你怎么知道这个就是他自愿的呢?"

"除非你很了解他,才能确认这一点。"

"如果带他回家,也许他就会重拾求生的意愿。"

"这是完全不现实的。"

"他没错。"

"你没听见医生说的吗?他体内的器官都已经损伤了。"

"只要他能吃饭,就会好转的。"

"你又不懂这些。"

"你真的要就这样放弃自己的父亲了吗?"

"我只是实事求是罢了。"

"他有权利在家里离开这个世界。"

"我们又不能把整个养老院都搬回家。"

"应该是由我们来做决定,而不是这个医生。"

"这是不负责任的。"

"所以我们就这么呆坐着,一边祈祷,一边看着他饿死吗?"

"艾伦,他已经九十四岁了。"

"那么多人都超过一百岁了。"

"就像医生说的那样,我们应该要让他安息了。"

"所以你想怎么做呢?"

"我想和医生谈谈,尽量给他用上足量的吗啡,让他不要受苦了。"

"就是吗啡杀死的他。"

"做个圣人太容易了。可是,你真的要知道,我其实并没有什么选择。"

"至少我们可以要求,把他送去医院。这样他也不必就这样等死。"

"是他想这样的。"

"他本来就不应该住养老院。"

"你永远都是这样作壁上观。"

"可是,我们对待他的方式就是不对的。"

"我们已经仁至义尽了。"

"那也有可能是假仁假义呢。"

"不是的,把他搬到一个对他身体负担更重的地方才是假仁假义。"

"他又不是已经死了,好像只要找个地方储存似的。"

"他已经得到了最好的护理了。"

"但不是他最亲近的人。"

"我们每周都会来看他好几次。"

"这不是让他躺在这里等死的借口,现在只要一点点吃食就能把他救回来。"

"我同意医生的意见。他已经经不起挪动了。"

"你一直都这么固执己见。"

"我只是用理智在思考罢了。"

"我们都活在各自的世界里。"

"艾伦,我为我的话道歉。但你真的还活在过去。你真是个上了年纪的嬉皮士。"

"爸爸,我觉得艾伦说得对,他们应该给他补给一点的。"

"虽然养老院的人都了解他,但是不是还是让他去住院更好呢?"

"乌夫,我受不了这里。你得做些什么。"

"你们希望我该怎么做呢?我又不是上帝。"

"如果我们所有人都相信上帝,那也许就会更好了。"

"艾伦,已经太迟了。我们应该自己承担这个责任的。"

"我不能对现在这个状况负责。"

"你的责任早在很久以前就开始了。可是,你自己推卸了责任。"

"你说的话听上去像旧约一样。"

"我们不要在这里争吵了。"

"爸爸,他留在这里真的是最好的吗?"

"目前看来,是这样的。"

"我完全反对,他不该就这样离去。"

"如果我们还是把爷爷带回家,也许我们可以劝他再坚持得久一点。"

"阿朗,你是个好孩子。"

"这是什么?这不是爸爸的声音吗?"

"艾伦,你现在应该克制一下。"

"乌夫,你也听好了。"

"听好什么?"

"爸爸说:'阿朗,你是个好孩子。'"

"这是我说的。"

"阿朗,帮帮我。是你爸爸说的,还是爷爷说的?"

"我也不知道。"

"艾伦,你听错了。"

"我听到的就是他的声音。"

"我们的声音就不能有点相似吗?"

"阿朗说得对。别想了。"

"阿朗是站在我这边的。"

"我们要做个决定了。我们能不能达成一致,就让他留在这里?"

"除非让我躺在他身边。"

"你最好和我们一起住,然后每天来看望他。"

"我又不需要其他任何人。"

"又是他在说话。"

"艾伦,你一定是糊涂了。"

"我刚刚听得很清楚,他说'我又不需要其他任何人'。"

"你没看见吗,他正在睡觉?吗啡的止疼作用生效了。"

"他好像在哪个地方徘徊。"

"回家休息一下吧。"

"你很体贴,不过我要留在这里。"

"那如果有事情就给我们打电话吧。阿朗,我们先走了。你明天还有期中考试。"

"阿朗是个好孩子。"

"爸爸,是你吗?你在哪里?"

"你不用担心。我就是去度了个短假。我不是回到了童年和以前从军的时候。我是去了未来旅行。未来就是另一个世界,是一个难以形容的权势强大的大国。我真希望,我可以带你一起去，给你展示未来的力量。我看到你握住了我的手。这很好。孩子握着老人的手，在他最后的时刻安慰他，帮助他离开人世。紧紧握一握我的手吧，这样我就能感觉到我还活着。谢谢，我的天使。我有点害怕。从小时候起，我还没有过这样的经历。是我的身体对虚无有些恐惧，并不是我自己害怕，正如害怕针筒和褥疮的也是我的身体。

我知道虚幻是什么。当我的身体接受这样的公共管理后，它逐渐停了下来。自从我得到解脱以来，我活着度过了每一个日子。从那时起，就没有回头路了。我只能一直往一个方向走：前方的未来。有时候，我做白日梦时会进入这个未来，而且我很快就要永远留在那里了。进入未来的大门早已开启。我能看到，来自一些巨大的玻璃和金属的建筑上闪烁的光芒。

这个建筑远看像个温室，就是某些展示了各种地貌的自然博物馆，占地面积非常大。战争太惨烈了，所到之处寸草不生。海洋和池塘里的水都不是水，而是油，倒映出了天空。海上的油燃烧着，地平线也被火焰笼罩了，滚滚浓烟熏黑了鸟儿的羽毛，它们修长的双脚惊慌失措，在温室之间盘旋。

我想要看见一些我爱的亲人的脸庞。如果我在一个新的地方可以有工作，我就会觉得自在。工作本身就是一个令人兴奋的过程。就像学生在更大的校园里那样，适应辛苦工作的方法有两种。第一种是：努力拼搏，闯过第一个十四天，然后又慢慢地回到自己的状态。另一种是：用细水长流的节奏来奋斗，逐渐适应工作的要求，最终获得成功。第一种方法是最常见的。另一种是大部分学生都做不到的。但总是有那么些学生会埋头苦干的。"

"不过是一个大男孩儿。"艾伦帮他擦了擦湿湿的额头。

"那时候的职业生涯就是这样的。"

"我永远会留个后手。我以前会这里做做，那里做做，到处做做，可就是没有晋升。"

"生活也可能是危险的。我们要学会坚强地生活。"

"我的前夫们都有一个共同的优点。每次我喝醉了，他们都会毫无怨言地清理我的呕吐物，然后把我妥帖地安置到床上。"

"只要有一个人就足以让人感受到生物的温暖。在这个营地里，比尔吉特是我最亲近的那个人，她让我感受到了来自别人的温暖。如果我有什么值钱的东西，我都愿意赠予她。可是我什么遗产都没有。我缴纳了所有税费，但最后也只是勉强能够养家糊口。"

我在农业方面是有过更大的梦想的。不过，我后来就逐渐放弃了最初的梦想，习惯了在这个小商店里的日子，每天就在收银台后面工作。这也从来不是什么模范商店。我对所谓"宏图大志"不感兴趣，也没有激进的心态。我的启动资金太少了，所以我不敢把所有的钱都投入这一件事情上。没有投入当然也就没有回报了，我们只能节俭度日。

如果我们的下一代可以继承家业，那我们也算是完成了此生的使命。我们不必感到遗憾，我们已经做得够好了。我们可以反思，为什么没能做得更好，是不是还缺乏了一些能力或是勇气，不过，那些遗憾依然存在。昨日所选，乃为今日之生活——或许，我们也并无他选。

乌夫做得比我好。他把商店经营得很好，而且经营规模扩大了好几倍。他一直坚持学习,还去读了商学院。我为他感到自豪。他早就超出了我的期待。不要提那个女儿了,那个可爱又让人心疼的孩子,她早已经游离在家族之外。当她有时候突然回来时,就像是个外人一样,而且,她又会像老照片里的孩子的鬼魂一样出人意料地消失:禁果从树梢上掉落到森林里柔软的土地上,在那里,我们就像带着原罪的无辜恋人一样相爱。这不是我们可以谈论的。但是,这一切仍旧存在着,无法当作没有发生过。

一样的森林里的土地,一样的苹果般鲜红的暮夏天空,这一切都是我曾经所逃避的,如今在这温室里又一次重现了。她身着小碎花长裙,肩上披着一件雏菊黄针织衫,倚坐在榉树的树干旁。我的鼻腔里充满了她身上散发的丁香芬芳。在她的身后,站着玛塔的黑色身影,玛塔的影子和她最喜欢的妹妹几乎一样高。这画面同外面黑色的鸟儿、干涸的土地和油田形成了鲜明的反差。我深吸了一口气。空气中飘满了灰尘,都是从天上落下来的黑色的雪花。夜幕降临了。我慢慢走过,没有和任何人打招呼。我不想再重蹈过去的罪责。其实我一直都想不明白,我们以前做过的那件事,到底算不算是罪。

我继续向未来前进,我睁大眼睛、竖起耳朵,专注于这些陌生的关系。我第一天到农场上班的时候,都没有人带我去农场主的办公室,和那相比,现在不会更艰难了。那时候,我得自己想办法去报到。等到一个高年级学生带我逛了一小段以后,我自己也可以找得到路了。

我听到身后有轻轻的脚步声,便停下了。原来是玛塔。她已经不是黑色的了,而是完全透明的了。

"现在我也到这里了。"我内疚地说道。

"终于,你也来了。"

"不过一年而已,这和我当初承诺的一样。"

"可是你没有去我的葬礼,太过分了。"务实的玛塔抱怨道。

"我们的关系是什么样的呢?我属于我自己。"

"出生时、死去时,我们都是各自独立的。"

"可是,现在的我们和以前一样,在一起了。"

"在天上是没有婚姻的。"

"玛塔,我们是在未来。"

"不管你怎么叫它,都是一样的。"

"你在这个新地方,变得好冷静。"

"我们只是自己的影子罢了。"她说。她透明的样子使我觉得眩晕。我感觉不太舒服。

玛塔扶着我的胳膊,带我走进了一座玻璃屋子。那个年轻的女孩儿满怀信心地看着我们。她是那么栩栩如生。我认出了她脸上清新、无忧无虑的笑容,那笑容也曾经打动过我。她用手掌轻拍着柔软的苔藓,让我在她身边坐下。我看了看我周围。只有我和这个年轻的女孩子了。我不能呼吸了。这一切又发生了,这一切曾在我的脑海中一次又一次地发生。既然我们在现实中都曾经并肩而处了,那她此时的靠近也就不会再有什么危险了。她是这样有血有肉,来自过去,她到底怎么样了?我坐在她身边,无论是森林的土地还是裙子的质地,我什么都感觉不到。有些东西在未来时没有了,还有一些就永远都没有了。

我也不知道这样的二人时光持续了多久,我也不知道这时间有没有开端或终结。我只听得到她的声音和语汇,虽然这些词语连起来并没有什么意义。我发现,她在读一本书，而这些词语都不是她自己的。这激起了我的好奇心。我问，这是一本什么样的书。她听不见我的话。我提高了音量，可还是没有回音。当我叫了她的名字，莉瑟，她的眼神离开书本，奇怪地抬头看。她的举动让我怀疑，我自己到底存不存在，又或许，这个女孩儿实际上并不是独自一个人。她把书放在大腿上，一边看向前方，一边张开嘴。她迅速瞥了一眼书页，好像打算把书上的文字都背下来似的。

在夏天的时候，花园是最美的，也是绿色最多的时候。丁香花开放着，新长的土豆已经很大了，第一波草莓也熟了。花园里总是固定放着一张桌子，大家常常就在草坪上吃晚餐，这已经成了过去的习惯。莉瑟一结束幼儿园的研讨会，就会来和孩子们一起过暑假。有她在家的那六个星期都太美好了。

艾伦要满七岁了。她坐在秋千上，没有什么可以把她吸引到餐桌上来。玛塔用饭后的糖果和冰激凌游说她，却被莉瑟言辞纠正了，这是她在研讨会上刚刚新学到的育儿法则。

"忘了这些没用的吧。你现在是在过暑假。"玛塔在孕早期难受地说道。

"你太固执己见了。"莉瑟受伤地说道。艾伦从秋千上跳下来，跑过来坐在她的大腿上。

"你是我的小姑娘。"莉瑟把她紧紧拥在自己的怀里。艾伦用手捂住嘴，朝着玛塔做鬼脸。

"在你这个年龄，结婚不是比上学更好吗？"卡尔说。

"我不要结婚。还要我说多少遍呢？我不会结婚的。"莉瑟歇斯底里地喊着。卡尔不说话了，他鼓了鼓掌。自从玛塔结婚这么久以来终于怀孕之后,原来甜美活泼的莉瑟就变成了怨妇。他们承受着她歇斯底里的表现,以此当作对艾伦的事情的亏欠和偿还。

他们继续吃饭,同时小心翼翼地说话。艾伦继续来来回回地,从一个人身上跳到另一个人身上,使得大家都没法安安静静地吃饭。他们三个大人客客气气地应付着她,都向她示好。

"她都被宠坏了。"莉瑟抽泣道。

"只有你在的时候,她才会不知道该坐在谁的腿上。"玛塔说。

"好,我知道了。"艾伦喊道,然后单腿站在草坪上。大家都不禁笑了,这时,气氛又变好了:所有人为了一个人,一个人带动所有人。

"书可以被认为是我们最好的朋友。今天就像昨天一样,不会改变。"年轻的女孩儿说着,停止了她的阅读。

"我们之间不该有任何不好的词汇。"她继续热情地说道。曾经,就是她的热情,让我双膝发软。她茫然地翻着那本破旧的平装书,把那些因为读过多遍而卷起来的书页抚平。我无法把自己的眼神从她身上移开。她是那么风姿绰约、恬静美好。她比看上去要更加成熟:她的脸蛋儿圆圆的,她的头发丝滑亮丽,她那针织袖子下的手腕美丽又精致。

"那天早晨,我不告而别,只留下了我要结婚并搬到埃斯比约的信息。自那以后,我一直在犹疑,我不知道自己停止那样的一种三角关系是不是错的。"她边说边在白色手帕上系了小小的结。

"在我的心里,我和玛塔进行了很长的谈话。我说我的逃离是为了所有人好,我永远消失就好了。那样,你们就是一个家庭,艾伦也不用夹在两个母亲中间。"她说着,抬头望向树冠。

"最糟糕的是,我利用了他,来离开你们。我不爱他,却和他结了婚。他是那么纯净,就像一张白纸。我们三个也曾经尝试要这样面对彼此。我们是那么希望彼此可以和谐相处,可是对我来说,已经没有幸福了,我必须要离开。"她直直地盯着我,眼神像天使一般。

"他挽起我的双手,而他根本不知道自己对我来说有多好。我只有他——和我们幼儿园的孩子,可是,他对我而言意义还是太重大了,所有这些美好总是让我情绪低落。他却对此无能为力。他在我的困境中不需要承担任何责任。"她几乎是有些生气地合上了书。

我是多么希望,她可以发现我就坐在她身边啊。可是,她所有的注意力都在腿上的那本书上。她抬起头来,背诵书上的文字。她清了清嗓子,喝了一小口水。在我心里,她的声音就像教堂的钟声一样美好。

"我从窗户里看到你站在我们的走廊前。你一点都没变。这十年,你都没有变老,就好像时间从未流逝。"

"我就站着,盯着门口。我真的没有办法按下门铃。我最后还是不情愿地走了。"我承认道。

"我多想去追你,抱住你的脖子,问你要艾伦。可我只是站在窗户后面,看着你渐行渐远,直到你的身影完全消失。当你离开的时候,我突然发觉,我是可以爱他的,我可以给他梳头,也可以为他做蔬菜烩牛肉。"她笑着说。

"你就这样毫无预警地彻底消失了。"

"卡尔,这样是最好的。"

"可是我们三个是不能分开的。"

"那已经是过去时了。"

"这些年你音信全无。"

"除了那些从未被寄出的信件。"

"什么信件？"

"那些已经没有意义了。"

"生活中的一切都是有意义的。"

"我们现在已经在未来了。"她用我的话回答。

"你根本不应该在这里出现的，你还那么年轻。"我困惑地说。

"玛塔在哪里，我就在哪里。"

"玛塔不在这里。这里只有我们两个人。"

"其实，你也不属于这里。"

"难道这人生只是一场梦吗？"

"士兵，这场战争，你已经输了。"

"一切都过去了吗？"

"我这个叙述者不能死。"那个年轻的女孩回答道，一边示意我们该分别了。那个无尽的午后亦行将逝去。

"北欧文学译丛"已出版书目

(按出版顺序依次列出)

［挪威］《神秘》(克努特·汉姆生 著 石琴娥 译)

［丹麦］《慢性天真》(克劳斯·里夫比耶 著 王宇辰 于琦 译)

［瑞典］《屋顶上星光闪烁》(乔安娜·瑟戴尔 著 王梦达 译)

［丹麦］《关于同一个男人简单生活的想象》(海勒·海勒 著 郄旌辰 译)

［冰岛］《夜逝之时》(弗丽达·奥·西古尔达多蒂尔 著 张欣彧 译)

［丹麦］《短工》(汉斯·基尔克 著 周永铭 译)

［挪威］《在我焚毁之前》(高乌特·海伊沃尔 著 邹雯燕 译)

［丹麦］《童年的街道》(图凡·狄特莱夫森 著 周一云 译)

［挪威］《冰宫》(塔尔耶·韦索斯 著 张莹冰 译)

［丹麦］《国王之败》(约翰纳斯·威尔海姆·延森 著 京不特 译)

［瑞典］《把孩子抱回家》(希拉·瑙曼 著 徐昕 译)

［瑞典］《独自绽放》（奥萨·林德堡 著 王梦达 译）

［芬兰］《最后的旅程：芬兰短篇小说选集》（阿历克西斯·基维 明娜·康特 等著 余志远 译）

［丹麦］《第七带》（斯文·欧·麦森 著 郗旌辰 译）

［挪威］《神之子》（拉斯·彼得·斯维恩 著 邹雯燕 译）

［芬兰］《牧师的女儿》（尤哈尼·阿霍 著 倪晓京 译）

［瑞典］《幸运派尔的旅行》（奥古斯特·斯特林堡 著 张可 译）

［芬兰］《四道口》（汤米·基诺宁 著 李颖 王紫轩 覃芝榕 译）

［瑞典］《荨麻开花》（哈里·马丁松 著 斯文 石琴娥 译）

［丹麦］《露卡》（耶斯·克里斯汀·格鲁达尔 著 任智群 译）

［瑞典］《在遥远的礁岛链上》（奥古斯特·斯特林堡 著 王晔 译）

［挪威］《珍妮的春天》（西格里德·温塞特 著 张莹冰 译）

［瑞典］《萤火虫的爱情》（伊瓦尔·洛-约翰松 著 石琴娥 译）

［瑞典］《严肃的游戏》（雅尔玛尔·瑟德尔贝里 著 王晔 译）

［芬兰］《狼新娘》（艾诺·卡拉斯 著 倪晓京 冷聿涵 译）

［挪威］《天堂》（拉格纳·霍夫兰德 著 罗定蓉 译）

［芬兰］《他们不知道做什么》（尤西·瓦尔托宁 著 倪晓京 译）

［丹麦］《无人之境》（谢诗婷·索鲁普 著 思麦 译）

图书在版编目（CIP）数据

无人之境 /（丹）谢诗婷·索鲁普著；思麦译. —北京：中国国际广播出版社，2023.12
（北欧文学译丛）
ISBN 978-7-5078-5488-6

Ⅰ.①无… Ⅱ.①谢…②思… Ⅲ.①长篇小说－丹麦－现代 Ⅳ.①I534.45

中国国家版本馆CIP数据核字（2023）第233691号

著作权合同登记号 01-2021-2822

INGENMANDSLAND
Copyright © Kirsten Thorup, 2003
Published by agreement with Copenhagen Literary Agency ApS, Copenhagen.
Simplified Chinese Translation Copyright©2024 by China International Radio Press Co., Ltd.
All rights reserved

无人之境

总 策 划	张宇清　田利平
策　　划	张娟平　凭　林
著　　者	［丹麦］谢诗婷·索鲁普
译　　者	思　麦
责任编辑	笈学婧
校　　对	张　娜
封面设计	赵冰波

出版发行	中国国际广播出版社有限公司 [010-89508207（传真）]
社　　址	北京市丰台区榴乡路88号石榴中心2号楼1701 邮编：100079
印　　刷	环球东方（北京）印务有限公司
开　　本	880×1230　1/32
字　　数	150千字
印　　张	6.5
版　　次	2024年1月 北京第一版
印　　次	2024年1月 第一次印刷
定　　价	48.00元

版权所有　盗版必究